Harcourt
Paris

entendo e só agora brotou-se-me o seu
sentido secreto. o violino é um aviso.
E sem entender sei que pode
eu morrer ao ouvir o violino do homem.
Quererei antigas músicas [illegible]. Macabéa
ave Maria, cheia de graça, terra serena
da promessa, terra do perdão. Ela pedia
perdão? porque sempre se pede. Por quê? Resposta:
é assim porque assim é. Sempre foi? sempre
será. E se não for? mas eu estou dizendo
que é. Pois.

Via-se perfeitamente que estava viva
pelo piscar constante dos olhos grandes, pelo
peito magro que se levantava e se abaixava
em respiração cadenciada e calma. Mas
quem sabe, ela estaria precisando morrer? pois há
momentos em que a pessoa está
precisando de uma pequena morte e sem nem

este que pode se resumir num profundo beijo
mas não na ~~...~~ parede áspera e sim ~~aposte~~ de morte
boca a boca na agonia do prazer ~~...~~
Eu que simbolicamente ~~eu~~ morro várias vezes para experimentar
a ressurreição.

Acho com alegria que ainda não chegou
a hora de estrela de Macabéa morrer, pelo
menos ainda não consigo adivinhar se lhe acontece
o homem louro estrangeiro. Rezem por ela e
que todos interrompam o que estão fazendo
para soprar-lhe vida ~~nela~~ pois ela está
por enquanto solta no acaso como uma
porta balançando ao vento. ~~Ela~~ Eu imploro.
Eu poderia resolver pelo ~~caminho~~ caminho mais
fácil que seria matar ~~Macabéa~~ a menina-infanta mas quero o pior:

(Macabéa)

Não sei se ela ~~era~~ boba ou se isto não pensava por ~~tudo~~ representava. ~~Grande~~ ~~Ia~~ mesmo a ~~p~~ segunda em ~~xxx~~ em vezes de. Pois a pessoa tem que ter ter uma máscara e um escudo para se defender. Como não tinha máscara e esgoto, ~~fingia um~~ fingia um pouco de tolice pois as pessoas ~~pessoas~~ espertas lutam muito ao

ele era pragmática, com se ~~x~~ Atitude Todos

EDIÇÃO COM MANUSCRITOS
E ENSAIOS INÉDITOS

Clarice Lispector

A hora da estrela

ou

A culpa é minha

ou

Ela que se arranje

ou

O direito ao grito

ou

.Quanto ao futuro.

ou

Lamento de um blue

ou

Ela não sabe gritar

ou

Uma sensação de perda

ou

Assovio no vento escuro

ou

Eu não posso fazer nada

ou

Registro dos fatos antecedentes

ou

História lacrimogênica de cordel

ou

Saída discreta pela porta dos fundos

Rocco

Concepção visual e projeto gráfico:
IZABEL BARRETO

Direitos desta edição reservados à
EDITORA ROCCO LTDA.
Rua Evaristo da Veiga, 65 – 11º andar
Passeio Corporate – Torre 1
20031-040 – Rio de Janeiro – RJ
Tel.: (21) 3525-2000 – Fax: (21) 3525-2001
rocco@rocco.com.br
www.rocco.com.br

Printed in Brazil/Impresso no Brasil

Preparação de originais
PEDRO KARP VASQUEZ

CIP-Brasil. Catalogação na fonte.
Sindicato Nacional dos Editores de Livros, RJ.

L753h Lispector, Clarice, 1920-1977

A hora da estrela: edição com manuscritos e ensaios inéditos/Clarice Lispector; [concepção visual e projeto gráfico Izabel Barreto]. – 1ª ed. – Rio de Janeiro: Rocco, 2017.

ISBN 978-85-325-3066-0 (capa dura)
ISBN 978-85-8122-691-0 (e-book)

1. Literatura brasileira – História e crítica. I. Título.

CDD–869.909
17-40365 CDU–821.134.3(81).09

Sumário

Começo

Em tentarei

Allegro con brio

Tirar ouro do carvão

Antes da hora

E agora – uma crônica do encontro com os manuscritos de *A hora da estrela*

Paloma Vidal

para Tatiana Salem Levy

Um par de luvas de plástico, uma caixa que brilha de tão branca, numa pequena sala envidraçada e iluminada artificialmente. Tudo me faz pensar numa operação cirúrgica. Isso foi o que anotei. Em seguida uma pergunta sobre como fazer surgir uma emoção ali. Anotei isso e ergui a cabeça, tentando não ser vista ao olhar para J., sentada na escrivaninha confrontada à minha, atarefada e vigilante. Foi ela quem me ofereceu folhas, brancas também, e um lápis, que antes apontou, num gesto deliberadamente anacrônico. Ela passa horas dentro desta sala, com intervalos para o almoço e para o lanche, vendo como se abrem e se fecham as caixas brancas, que lembram presentes, menos por suas qualidades próprias do que pela expectativa daqueles que as abrem. Ela já viu esse gesto tantas e tantas vezes que poderia fazer uma tipologia: há os que riem, os que choram, há os desdenhosos e os desaforados, os que arregalam os olhos, os que os cerram. Há os que desconfiam, como eu. Tudo está mais ou menos previsto. Me pergunto se são muitos os que aceitam as folhas que ela oferece com gentileza junto com o lápis apontado, sendo permitido o uso de computador. Cadernos e canetas, não, computadores, sim.

Foi assim também da única outra vez que estive diante de manuscritos. Eram proibidos os cadernos e as canetas, bem como fotografar. Mas não havia luvas e as caixas eram cinza. Quando me deparei com as fichas do *Diário de luto*, escrito por Roland Barthes entre 1977 e 1979, após a morte de sua mãe, chorei, e me senti ridícula. Talvez por isso, desta segunda vez, tenha me precavido com uma pergunta. Ou talvez tenha sido a sala envidraçada. Ou a proximidade de J. Da primeira vez, na sede Richelieu da Biblioteca Nacional francesa, em Paris, olhei em volta e me surpreendeu que ninguém mais estivesse chorando. Antes, naquela manhã, eu tinha deixado meus filhos na escola. Era o último dia de aula. Algo estava ficando para trás e eu queria registrar absolutamente tudo. Fotografei cada passo. As fotos do dia 5 de julho de 2016 mostram os dois meninos na porta do apartamento, no hall do prédio, no pátio, nossos passos a caminho do portão, eles abrindo o portão, eles na esquina da rua da escola, alguns passos mais à frente, na porta da escola, me dando tchau, meus passos na rua da escola, a caminho do ponto de ônibus. A essas imagens se seguem, na câmara do celular, as de algumas fichas do diário de Barthes contrabandeadas, que ficaram como o registro de uma continuidade apta a justificar minha emoção.

Não houve necessidade de contrabando desta vez e eu deveria ter deixado isso claro desde a primeira linha: quando cheguei à pequena sala do Instituto Moreira Salles, no Rio de Janeiro, e antes de abrir a caixa branca, eu já tinha visto escaneadas as anotações de Clarice Lispector para *A hora da estrela*. Junto com o pedido de escrever uma crônica do encontro com os manuscritos do livro, para uma edição comemorativa dos 40 anos de sua publicação, que se completam este ano, em 2017, vieram as imagens desses papéis, que no entanto eu fazia questão de ver ao vivo. Por quê? Se tivesse me feito essa pergunta antes de abrir a caixa branca, teria respondido que era por causa daquela outra experiência, com o diário de Barthes. Eu queria aquela emoção, mas eu desconfiava de que ela não viria do mesmo modo, uma vez que o encontro já havia acontecido.

É um segundo encontro, nesta pequena sala, de luvas postas, em companhia de J., ela que estende para mim folhas brancas e um lápis, eu que aceito, embora tenha levado o computador. Aceito por cortesia, porque me custa em geral dizer não a algo que se oferece com gentileza. Mas não é só isso: é um convite para escrever à mão. J. me faz um convite raro. Um convite, por sua vez, que poderia dar um sentido a este encontro. Quero o gesto dela em mim. Isso foi o que anotei em seguida, antes de me decidir por fim a abrir a caixa branca.

Preciso deixar claro também que eu estava me preparando para este encontro, mesmo temendo que, somada às anotações escaneadas previamente vistas, a preparação me afastasse daquilo que eu estava procurando, ao seguir o que me propuseram, que eu repetia, para mim mesma e para os outros: uma crônica do encontro com os manuscritos. Uma crônica do encontro com os manuscritos de *A hora da estrela*, último livro que Clarice publicou em vida, em outubro de 1977. Não havia outro jeito. Nos dias que antecederam este momento, eu precisava falar sobre isso; mais ainda, eu precisava ouvir dos outros, possíveis futuros leitores, o que eles esperavam de mim quando estivesse aqui. S. me falou do seu desejo de escrever sobre os últimos anos de Clarice. T. me provocou dizendo que como ela nasceu em 1979 talvez fosse uma reencarnação da autora. G. me sugeriu que copiasse o livro à mão. J. P. me perguntou se eu lembrava que idade eu tinha ao ler *A hora da estrela* pela primeira vez. Cada um do seu jeito, eles me mostram caminhos e me acompanham. J. também. Eu não abri a caixa sozinha. Todos eles a abriram comigo.

Dentro dela encontramos 34 pastas, de cor creme, de tamanhos diversos, numeradas do lado direito, a lápis: 1/34, 2/34, 3/34, e assim por diante. Logo descobriremos que o tamanho das pastas está de acordo com o tamanho das folhas que elas abrigam – menores quando se trata de notas soltas, maiores quando se trata de blocos de folhas de tamanho ofício – e nos perguntaremos se houve alguém que as confeccionou artesanalmente, à medida. Descobriremos ainda que os títulos escritos no centro da capa das pastas, também a lápis, correspondem às primeiras palavras da primeira folha dos manuscritos contidos nelas. Tudo isso supõe o trabalho manual de alguém. "O arquivo supõe o arquivista; uma mão que coleciona e classifica"[1], escreve Arlette Farge em *O sabor do arquivo.* Penso nessas mãos enquanto passam pelas minhas as pastas, que por enquanto não abro. Penso que este arquivo supõe muitas mãos, antes das minhas. E que muitas outras virão, em busca dessa sobrevivência, desse vestígio de real, tão vivo quanto inacessível.

Penso nisso enquanto abro a pasta 34/34, a última, que me chama a atenção por conter uma outra pasta, laranja, de cartão, de tamanho ofício, onde provavelmente foram guardados e transportados estes papéis. Sua imagem não foi escaneada. Busco então ser precisa na descrição, porque só com ela poderei contar ao abandonar esta sala. Nela está anotado em vermelho "TRABALHO OLGA" e, embaixo, em preto, "Manuscritos Clarice". As anotações registram as mãos em exercício. Alguém anota sobre o que outro anotou antes. Em azul, num pequeno papel, leio: "ÚLTIMO Bilhete de Clarice/ Escrito no Hospital da Lagoa/ No dia 7-12-77"[2]. É esta

1 Farge, Arlette. *O sabor do arquivo.* Tradução de Fátima Murad. São Paulo: Edusp, 2009, p. 11.

2 Manuscritos de *A hora da estrela*, Acervo do Instituto Moreira Salles, pasta 1, p. 1.

a anotação que inicia os manuscritos, na pasta 1/34, que agora abro, voltando atrás, obedecendo a ordem que o arquivo determinou. A anotação deve ter sido feita por Olga Borelli, como parte de seu trabalho, que depois continuarão os arquivistas, ordenando, numerando e anotando, quando os manuscritos chegaram ao Instituto, em 2004, trazidos por Paulo Gurgel Valente, o filho que se desprende, aos poucos, dos escritos da mãe, para que outros os manuseiem. O último que ele trouxe, em 2012, foi o "Caderno de bordo"[3], uma caderneta com anotações de uma viagem feita por Clarice entre julho e agosto de 1944.

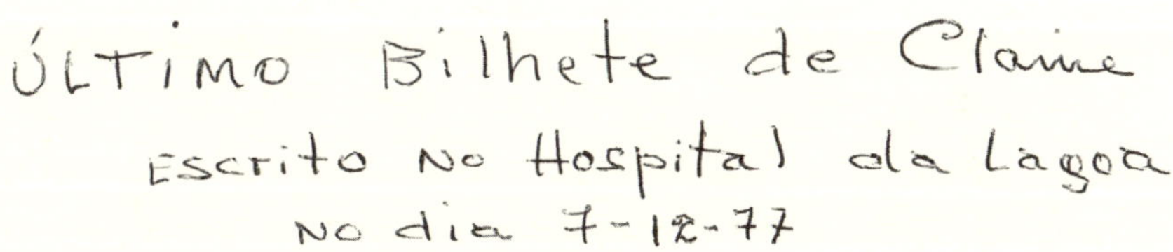
ÚLTIMO Bilhete de Clarice
Escrito no Hospital da Lagoa
no dia 7-12-77

Enquanto anoto "antes" e "depois" me dou conta de que esse modo de descrever o movimento do arquivo certamente não faz jus às suas idas e vindas, às suas hesitações, a um passa-passa que deve ser menos linear e mais sobreposto, como na brincadeira de empilhar mãos, em que a pilha se faz e se desfaz ao mesmo tempo. Mas não é à toa que a descrição sai desse modo: é estreita, etimologicamente inclusive, a relação entre o arquivo e a origem, fazendo-nos pensar em termos de algo que veio primeiro, que está no início de outra coisa, como, neste caso, os manuscritos que antecedem o livro. Somos seduzidos a pensar linearmente, mesmo que o arquivo contradiga tanto quanto reforça essa linearidade. Como não pensar nisso quando a palavra que o inicia é "ÚLTIMO"? Quando somos forçados a pensar no fim quando apenas estamos começando? Vejo isso

3 Há imagens e detalhes sobre ele no site dedicado a Clarice Lispector, do Instituto Moreira Salles: http://claricelispectorims.com.br/caderno-de-bordo/.

como um sinal de que não adianta, neste encontro, tentar revelar antes ou depois um princípio ou um final. Os tempos vão se sobrepor. Contiguidades imprevistas vão surgir.

Me antecipo, eu sei. É que eu mesma estou aqui, na pequena sala, e já não estou mais. Anoto à mão nas folhas brancas que J. me deu, e já não estou lá, enquanto copio o que anotei nesta tela de computador. Me antecipo para desobedecer o arquivo, querendo ser fiel a ele. "A tarefa do geneticista seria tentar colocar esses tempos dispersos no espaço em uma ordem temporal – não uma ordem perfeita, não uma cadeia indestrutível –, mas em um movimento com direção"[4], escrevem Claudia Amigo Pino e Roberto Zular sobre um tipo de crítica genética que busca reconstruir

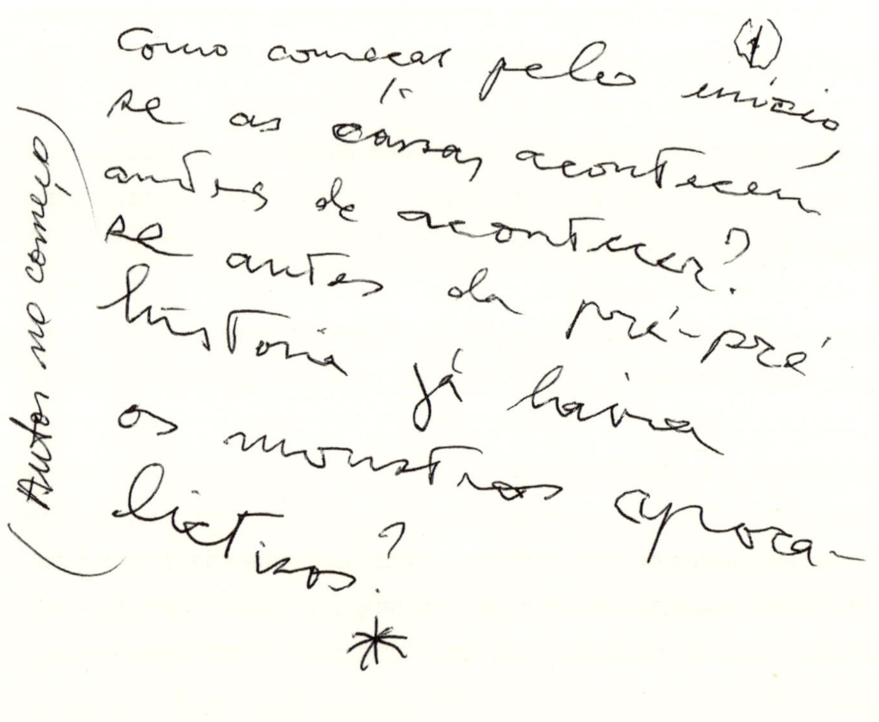
(1)
Como começar pelo início
se as coisas acontecem
antes de acontecer?
se antes da pré-pré-
história já havia
os monstros apocalípticos?
(Autor no começo)
*

4 Pino, Claudia Amigo e Zular, Roberto. *Escrever sobre escrever. Uma introdução crítica à crítica genética*. São Paulo: Martins Fontes, 2007, p. 28.

o processo de criação, supondo a possibilidade de chegar a uma origem da obra. Críticos a ela, propõem que atentemos para o aspecto performativo da literatura, que ao dobrar-se sobre si mesma problematiza esse processo, e citam as perguntas que o autor Rodrigo S. M. faz na abertura de *A hora da estrela*[5]: "Como começar pelo início, se as coisas acontecem antes de acontecer? Se antes da pré-pré história já havia os monstros apocalípticos?"[6] São elas que encontraremos na pasta 3/34.

Na capa desta pasta, apenas o início da frase aparece copiada, seguida de reticências, usando uma régua como pauta imaginária, com uma letra muito caprichosa, que me lembra antigos cadernos escolares, a mistura de afeto e controle da escola primária. Copio o que o arquivista copiou na minha folha branca, mas sem régua, domesticando eu mesma a letra, que sai irregular e oscilante, por falta de prática recente. Quero esse gesto em mim, para estar um pouco mais perto do trabalho manual do arquivista. Vejo que era isso também que me dizia o convite de J.: a oportunidade de estar um pouco mais perto do que o arquivista nos dá, quando recaptura um fragmento de tempo através da cópia, garantindo a sobrevivência de tantos textos através de tantos séculos. "O sabor do arquivo", escreve Farge, "passa por esse gesto artesão, lento e pouco rentável, em que se copiam textos, pedaço por pedaço, sem transformar sua forma, sua ortografia, ou mesmo sua pontuação. Sem pensar muito nisso. E pensando o tempo todo. Como se a mão, ao fazê-lo, permitisse ao espírito ser simultaneamente cúmplice e estranho ao tempo e a essas mulheres e homens que vão se revelando."[7]

Ser simultaneamente cúmplice e estranha – penso desse modo em Olga Borelli, anotando indicações para situar as notas, que preparam

5 Idem, p. 84.

6 Lispector, Clarice. *A hora da estrela*. Rio de Janeiro: Rocco, 1998, p. 11.

7 Farge, Arlette. *O sabor do arquivo*, op.cit., p. 23.

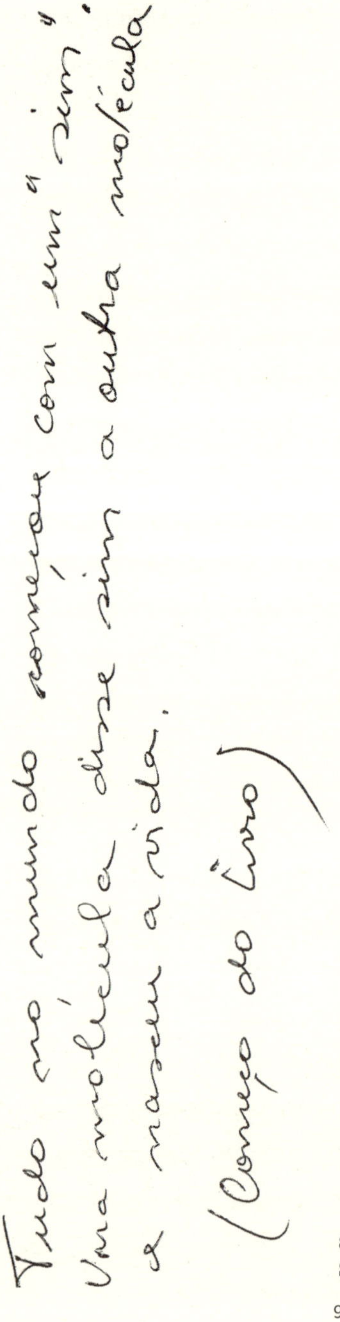
Tudo no mundo começou com um "sim". Uma molécula disse sim a outra molécula e nasceu a vida.
(Começo do livro)

uma futura estrutura do livro, trabalho no qual vinha auxiliando Clarice desde *Água viva*. Com sua letra aparece nos manuscritos o começo do livro, na pasta 5/34: "Tudo no mundo começou com um 'sim'. Uma molécula disse sim a outra molécula e nasceu a vida."[8] Clarice a conheceu no final de 1970. Em 11 de dezembro desse ano, ela lhe escreve uma carta em que começa dizendo: "Olga, datilografo esta carta porque minha letra anda péssima."[9] Nestas pastas, no entanto, tudo está escrito à mão. A letra de Clarice se encontra com a de Olga, cúmplices e estranhas. Em quase todos as notas, haverá indicações dela, como "descrição de Maca" ou "morte de Maca", às vezes com uma dúvida: "Autor?"

Vou adiante. Sinto que não posso me fixar demais, à espera de que cada uma dessas anotações me faça uma revelação. Começo a passar mais rápido as notas e pastas, fazendo pequenas pilhas que alarmam J.: "você vai saber colocar na ordem de novo?", ela me pergunta, tirando os fones de ouvido e rompendo o silêncio que parecia ter sido pactuado entre nós

8 Manuscritos de *A hora da estrela*, Acervo do Instituto Moreira Salles, pasta 5, p. 1.

9 Moser, Benjamin. *Clarice*. Tradução de José Geraldo Couto. São Paulo: Cosac Naify, 2009, p. 452.

depois de distribuídos nossos papéis. Eu respondo o que ela já sabe: que as pastas estão numeradas e que, sim, sim, está tudo sob controle. Ela deve ter notado minha inquietação. Minha sensação de falta de preparo. Não é a primeira a quem isso acontece. Há os que sabem o que procuram e há os que apenas procuram, sem saber por onde começar. "Como começar pelo início, se as coisas acontecem antes de acontecer?" J. poderia muito bem ter me dito que era possível começar por onde eu quisesse. Que ela está ali para garantir que eu mantenha a ordem do arquivo, mas que, ao escrever, quem sabe sendo infiel a essa ordem, eu poderia, estranha aos desígnios do arquivista, me tornar cúmplice desses manuscritos.

Dou um salto. A cumplicidade que eu procuro poderá vir de uma nota na pasta 8/34. Com letra muito trêmula, em quatro linhas, sem pontuação, Clarice escreve no verso de um talão de "Requisição de cheques": "Juro que este/ livro é feito/ sem palavras/ É uma fotografia muda."[10] En-

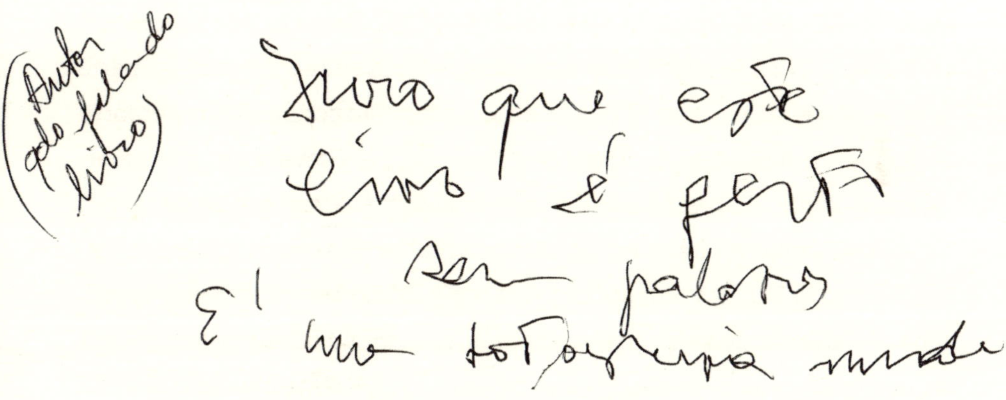
Juro que este
livro é feito
sem palavras
É uma fotografia muda

10 Manuscritos de *A hora da estrela*, Acervo do Instituto Moreira Salles, pasta 8, p.1.

tre as anotações que recebi escaneadas, não foi incluída a imagem do verso do talão, e se não fosse o encontro posterior, possivelmente eu não teria como saber a origem do papel em que essas linhas foram escritas. Na imagem, via-se uma textura, finas listras bege recobrindo um papel de cor creme, com uma borda ligeiramente mais escura. Penso sobre a frequência destas notas na escrita de Clarice, quando as frases vêm inesperadamente, quando vem a necessidade de anotar, a qualquer momento, em qualquer lugar. Nestas pastas, há envelopes, papéis rasgados, folhas soltas, este pedaço de talão. Vejo a fascinação que exerce o registro de uma escrita que vem de repente e não pode ser contida. O registro de um instante. Do instante em que algo se cria. Além, também, do testemunho de um método, que só mais tarde, tendo aberto mais algumas pastas, será possível enxergar melhor.

Por enquanto, me detenho nesta nota. O encontro entre estas frases e este papel. Qualquer tipo de papel poderia ter servido para estas anotações, eu sei, entre eles este, que, não obstante, ao contrário de outros, indica uma data, 15/9/76, um número de conta, uma agência, "Lido", do Banco Nacional. Neste caso específico a escrita passa a existir no tempo e no espaço, numa relação muito mais concreta com o real do qual fez parte e do qual se tornou vestígio. Ela dá a ver um corpo, de quem percorre e habita um determinado lugar na cidade, numa época, com suas marcas singulares. Enquanto o texto mesmo fala dessa vontade de dar a ver, fotografar, como eu imagino agora: uma mulher atravessa a passos lentos a avenida Princesa Isabel, em direção à Prado Junior; para distraída, olhando através de seus óculos escuros as vitrinas cintilantes das lojas na avenida Nossa Senhora de Copacabana, mas não lhe interessam tanto as roupas, que lhe parecem brilhantes demais, quanto os manequins mudos, que a remetem a uma solidão compartilhada com uma multidão de pessoas que como ela andam na rua mal suportando o calor. Fotografar essa mulher, guardá-la, e depois tentar dizê-la, sabendo que entre as palavras e ela haverá um desencontro.

Haverá também um encontro, inesperado, difícil de dizer aqui. Em 1976, a Argentina e o Brasil estavam sob ditadura. Em junho de 1977, quando eu tinha dois anos, meus pais chegaram ao Brasil vindo de Buenos Aires e se instalaram no nono andar de um apartamento alugado na avenida Nossa Senhora de Copacabana, em frente à Praça do Lido. Sei que esta crônica não deve ser sobre mim. Sobre onde eu estava em outubro de 1977. Ou entre junho e dezembro de 1977. Ou em julho de 2016. A primeira pessoa está bastante apagada do pedido "uma crônica do encontro com os manuscritos". Deve ser um encontro, até certo ponto, até onde a crônica permitir, impessoal, quase anônimo. Só que um encontro é feito de coincidências que não se pode prever nem evitar. E nem sequer as anotações escaneadas vistas antes de chegar aqui faziam prever a palavra "Lido" assinalando um pedaço compartilhado no mapa do Rio de Janeiro. Anoto que há algo com a simultaneidade de espaços e tempos que pode revelar um fragmento de história comum. Que o que é comum pode deixar falar outras vozes, além da minha e da dela.

Volto à nota. Me detenho também nela porque me chama a atenção para uma relação que não é indiferente ao que este livro, entre os escritos de Clarice, traz com tanta força, como indicaram os que o leram ao longo das últimas quatro décadas: um chamado para o exterior, para fora do eu, para fora, até, da própria literatura, num risco que dificilmente outros escritores encarariam. "Transgredir, porém, os meus próprios limites me fascinou de repente. E foi quando pensei em escrever sobre a realidade, já que essa me ultrapassa"[11], escreve o autor na abertura do livro. A palavra escrita no talão me chama a atenção para o sentido profanatório deste texto, que em tantos momentos coloca em xeque o lugar de quem escreve e do que se escreve no mundo. "Estou absolutamente cansado de literatura; só a mudez me faz companhia", escreve também o autor,

11 Lispector, Clarice. *A hora da estrela*, op. cit., p. 17.

num eco à "fotografia muda". E continua: "Se ainda escrevo é porque nada mais tenho a fazer no mundo enquanto espero a morte. A procura da palavra no escuro. O pequeno sucesso me invade e me põe no olho da rua."[12] Esse trecho aparece mais para o final do livro, recortado do resto, e não está presente nos manuscritos. Recorto dele: a espera da morte, a procura da palavra no escuro, o olho da rua. A literatura feita no limite, da vida e de si mesma.

Não quero me antecipar. "Só não inicio pelo fim que justificaria o começo – como a morte parece dizer sobre a vida – porque preciso registrar os fatos antecedentes"[13], explica o autor. Quero também, à procura de cumplicidade, "uma visão gradual" destes manuscritos. E o que sai neste momento, da caixa branca, mais precisamente da pasta 10/34, não são mais notas soltas, mas um bloco de texto, escrito na frente e no verso de folhas de tamanho ofício, numeradas pela própria Clarice: constam na pasta as de 1 a 14, depois de 23 a 43, sendo que o número 39 se repete, num total de 36 páginas manuscritas, com relativamente poucas rasuras: há várias páginas sem nenhuma modificação e várias com apenas modificações pequenas. Elas começam com o título ".Quanto ao futuro.", seguido de "Registro dos fatos antecedentes"[14], dois dos treze títulos que abrem o livro publicado. Busco ser precisa ao descrever, porque gostaria que fosse possível ver o que aparece para mim como uma descoberta: Clarice copiou nestas páginas, com começo, meio e "gran finale", a história de Maca.

Ela começa escrevendo: "Eu já acabei de escrever o fim desta história singela"[15], frase ausente no livro, que nos dá uma pista do que estará em

12 Idem, p. 70.

13 Idem, p. 12.

14 Manuscritos de *A hora da estrela*, Acervo do Instituto Moreira Salles, pasta 10, p. 1.

15 Idem.

Só no começo
pelo fim (7)
porque precisa
registrar os fatos

. Quanto ao futuro.

– Registro dos fatos antecedentes –

e para condicionar logo o leitor

Eu já acabei ~~de~~ de escrever o fim desta história singela. Estou acrescentando apenas o começo ~~como~~ (porque senti necessidade de me preâmbulos) ~~pre~~ preâmbulos. Escrevi com certo pudor esta narrativa explícita ~~de~~ onde até sangue escarlate escorre. É A veracidade da vida ~~É explícita mas tem também alguma sutileza implícita.~~ A história não se... A escrevera ~~que~~ que descrevi cada um de nós reconhece em si pois todos nós somos um, eu não fosse rebelde é explícita mas tem também alguma sutileza implícita — a começar pelo título que é precedido por um ponto final e seguido por outro ponto final. Atenção, prezado tipógrafo, se isto que agora conto for jamais impresso, ponha os dois pontos de que eu tanto preciso para delimitar a frase-título. No fim se entenderá que não se trata de capricho meu e se entenderá a necessidade de delimitá-lo. Porque se "Quanto ao futuro" fosse, em vez de ponto, seguido por reticências a frase ficaria aberta ao ilimitado e à

Vou agora começar pelo meio dizendo que —

Que ela era incompetente. Incompetente para a vida. Faltava-lhe o jeito de se ajeitar. Só vagamente terminava por tomar conhecimento da espécie de ausência que tinha de si em si mesma. Se fosse criatura que se exprime, diria: o mundo é fora de mim, eu sou fora de mim.

Tanto que (primeira explosão) nada disse a seu próprio favor quando o chefe da firma de representantes de roldanas avisou-lhe com brutalidade que só ia conservar no emprego Glória, sua colega, porque, quanto a ela, errava demais na datilografia além de sujar invariavelmente o papel. A moça achou que devia responder alguma coisa e falou cerimoniosa:

— Me desculpe a amolação.

O homem — que a essa altura já lhe havia virado as costas — voltou-se um pouco surpreendido e alguma coisa na cara espantada da datilógrafa o fez dizer a contragosto jogo nas páginas deste bloco manuscrito. Depois de um breve preâmbulo, de duas páginas, que contrastam com as catorze que abrem o livro, Clarice escreve, no topo da terceira página: "Vou começar pelo meio dizendo que", ao que se segue um longo travessão e um traço que vai de uma ponta à outra da página. Começamos então a viver com Maca: "Que ela era incompetente. Incompetente para a vida"[16], lemos, como aparecerá no livro. Vem então a cena com o chefe e sua quase demissão. Maca vai ao banheiro "porque estava um pouco atordoada com a notícia"[17]. Clarice escreve então que ela "conseguiu enxergar-se toda deformada pelo espelho ordinario"[18], enquanto no trecho do livro lemos: "enxergou a cara toda deformada pelo espelho ordinário."[19] Sem o recorte da "cara", aqui a imagem no espelho abre mais diretamente para a história narrada nas páginas seguintes: o nascimento raquítica, no sertão de Alagoas; a morte dos pais, aos dois anos; a mudança para Maceió com a tia beata; as violências sofridas na infância e uma nova mudança, para o Rio de Janeiro; a vida no quarto compartilhado com outras moças num velho sobrado, na rua do Acre; o trabalho de datilógrafa na rua do Lavradio – vou passando as páginas e seguindo a história, que já conheço, que já conhecemos. Só que aqui a lemos com menos intervenções por parte do autor: sem, por exemplo, muitos dos parênteses que intervêm no livro, ainda no primeiro parágrafo da narrativa dos "fatos antecedentes": "(Vai ser difícil escrever esta história. Apesar de eu não ter nada a ver com a moça, terei que me escrever todo através dela por entre espantos meus. Os fatos são sonoros mas entre os fatos há um sussurro. É o sussurro o que me impressiona.)"[20]

16 Idem, p. 3.

17 Idem, p. 4.

18 Idem.

19 Lispector, Clarice. *A hora da estrela*, op.cit., p. 24.

20 Idem, p. 24.

com menos grosseria na voz: bem, a despedida não é para já, pode até demorar um pouco.

Depois de receber o aviso foi ao banheiro para ficar sozinha porque estava um pouco atordoada com a notícia. Olhou-se ao espelho que encimava a pia imunda e rachada que tanto combinava com o seu emprego. Pareceu-lhe que o espelho baço e escurecido não refletia imagem alguma. Sumira, por acaso a sua existência física? Logo depois passou a ilusão e conseguiu enxergar-se toda deformada pelo espelho ordinário, o nariz tornado enorme como o de um palhaço de nariz de papelão. Quando era pequena sua tia para castigá-la com o medo dissera-lhe que o homem-vampiro, o que chupa sangue de pessoa mordendo-lhe o tenro da garganta, não tinha reflexo nos espelhos. Até que não seria de todo ruim ser um pouco vampira pois bem que lhe iria algum rosado de sangue ao amarelado do rosto, ela que não parecia ter sangue a menos que viesse a prová-lo. Viu ainda no espelho dois olhos enormes, redondos, saltados e interrogativos, distúrbio talvez da tiroide, olhos que perguntavam.

Isso põe em evidência algo sugerido por Vilma Arêas: "Clarice ilumina o texto por dentro, recortando Macabéa de forma nítida e tensionada."[21] Maca aqui, mais nítida, me lembra o filme dirigido por Suzana Amaral, que privilegiou suas ações, na breve passagem por uma cidade nada maravilhosa, "toda feita contra ela", do cais do porto, dos viadutos, das praças vazias, das ruas de paralelepípedos e casas baixas, das sarjetas. Maca sem seu autor? Não totalmente, porque ele se faz ainda notar: "Quando penso que eu poderia ter nascido ela – e por que não? – estremeço. E parece-me uma fuga covarde o fato de eu não ser ela, sinto uma es-

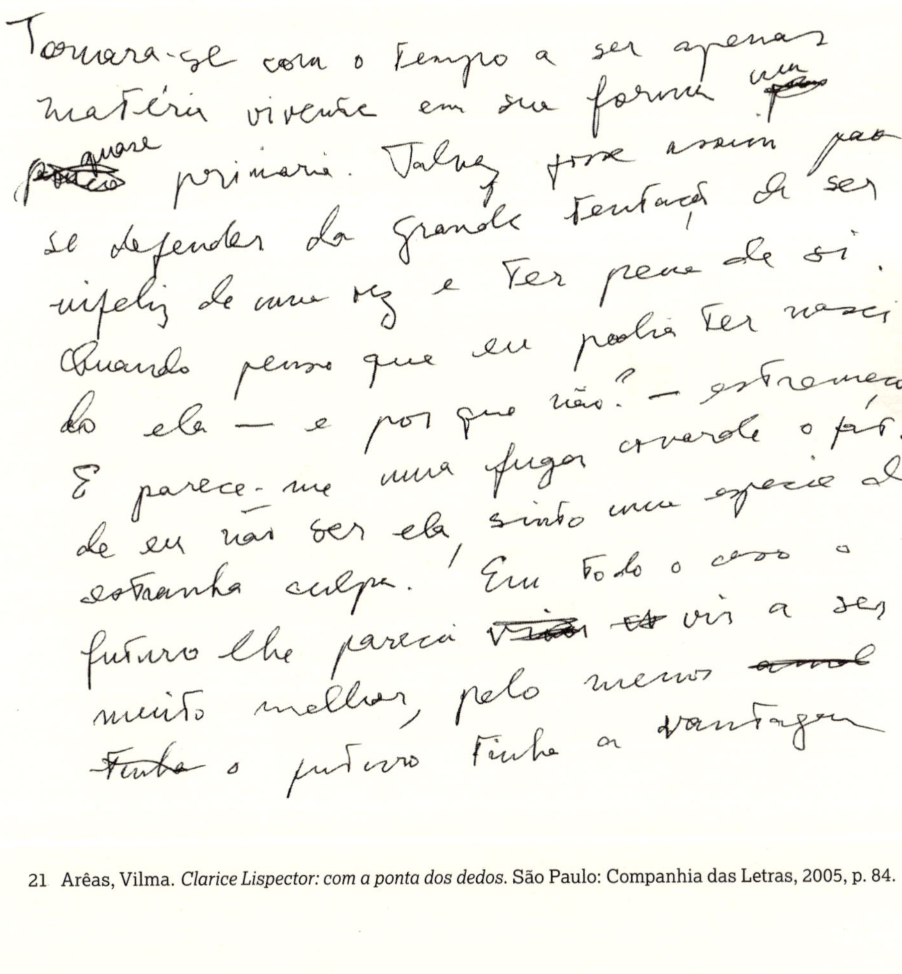

21 Arêas, Vilma. *Clarice Lispector: com a ponta dos dedos*. São Paulo: Companhia das Letras, 2005, p. 84.

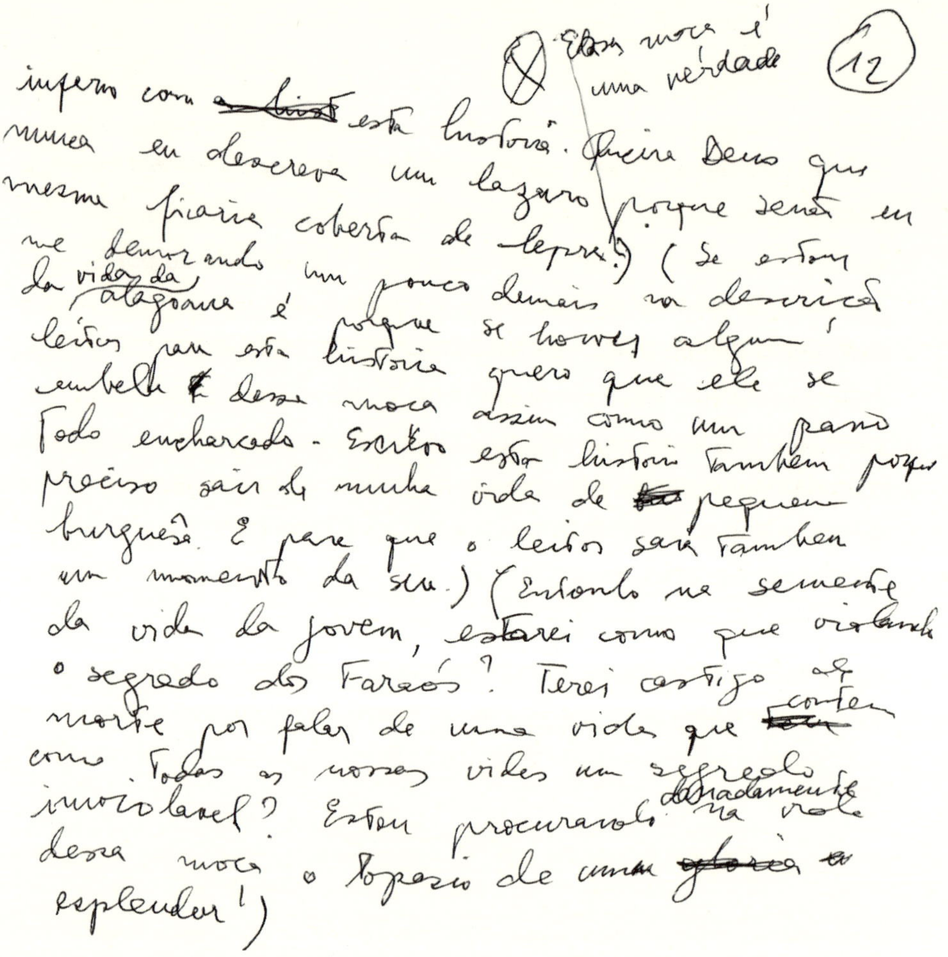

Essa moça é uma verdade

12

inferno com ~~a hist~~ esta história. Queira Deus que nunca eu descreva um lazaro porque senão eu mesmo ficaria coberta de lepra.) (Se estou me demorando um pouco demais na descrição da vida da alagoana é porque se houver algum leitor para esta história quero que ele se embeba ~~t~~ dessa moça assim como um pano todo encharcado. Escrevo esta história também porque preciso sair da minha vida de ~~bu~~ pequena burguesa. E para que o leitor saia também um momento da sua.) (Entrando na semente da vida da jovem, estarei como que violando o segredo dos Faraós? Terei castigo de morte por falar de uma vida que ~~tem~~ contém como todas as nossas vidas um segredo inviolável? Estou procurando desesperadamente na vida dessa moça o topázio de uma ~~glória~~ ao esplendor!)

pécie de estranha culpa."[22] Mas um autor que observa mais de longe, que toma distância, para que o leitor se "embeba dessa moça assim como um pano todo encharcado"[23]. A imagem é por demais real, mais ainda no livro, em que Clarice acrescenta "de chão" ao pano. O pano que se embebe de água. Clarice que se embebe de sua Maca, copiando-a nestas páginas, "pois todos nós somos um", produzindo uma unidade a ser depois fragmentada, através da montagem. Clarice que muito se aproxima, para logo se separar. Os manuscritos põem em evidência essa construção alinhava-

22 Manuscritos de *A hora da estrela*, Acervo do Instituto Moreira Salles, pasta 10, p. 11.

23 Idem, pasta 10, p. 12.

da, que se move na direção de uma personagem, "uma pessoa inteira", como diz o autor, enquanto faz questão de exibir as tensões dessa aproximação.

Lendo o bloco manuscrito, penso no papel que tem o humor nesse movimento. Me pergunto se enquanto escrevia estas linhas Clarice ria. Porque aquém da "estranha culpa" – justo antes dela, no caso destas páginas que leio agora – aparece o gosto pela futilidade da beleza feminina vendida em revistas e pelos lugares-comuns dos anúncios, evidentemente fora do alcance de Maca, dos quais Clarice, copiando-a, se distancia, diante, por exemplo, da imagem do creme "tão apetitoso que se tivesse dinheiro para comprá-lo não seria boba: que pele, que nada, ela o comeria, isso sim, às colheradas no pote mesmo"[24]. Na página seguinte, a separação – a culpa, por não ser ela. Mas antes, o humor.

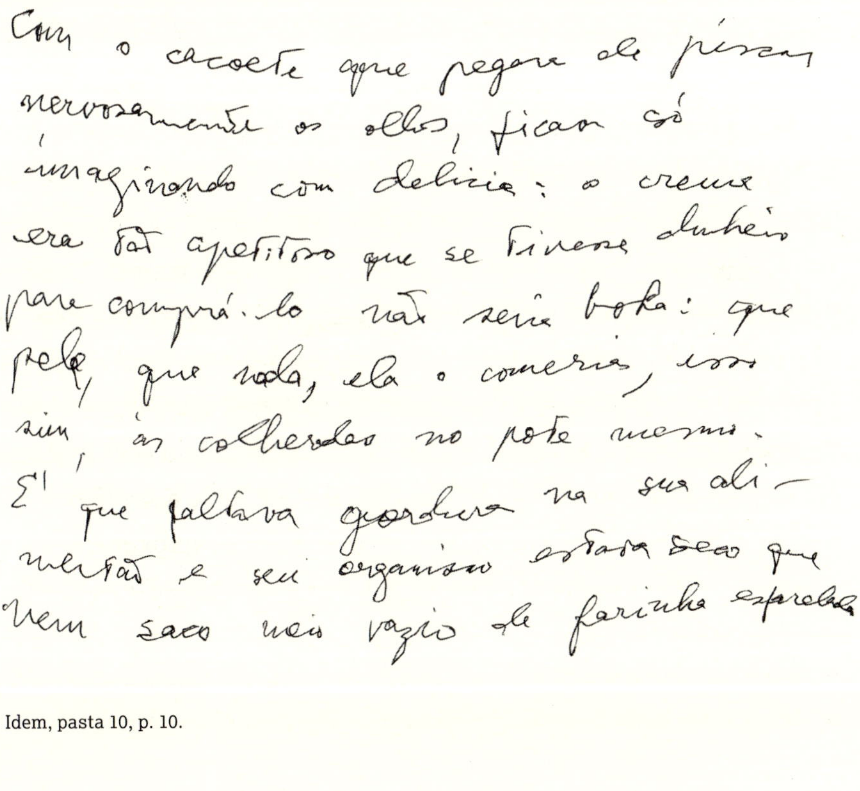
Com o cacoete que pegara de piscar
nervosamente os olhos, ficou só
imaginando com delícia: o creme
era tão apetitoso que se tivesse dinheiro
para comprá-lo não seria boba: que
pele, que nada, ela o comeria, isso
sim, às colheradas no pote mesmo.
É que faltava gordura na sua alimentação e seu organismo estava seco que
nem saco meio vazio de farinha esfarelada

24 Idem, pasta 10, p. 10.

Num texto de 1927, Freud escreve sobre o humor dizendo que ele "não é resignado, mas rebelde"[25]; não importa quão desfavoráveis sejam as circunstâncias reais, o eu capaz de humor se rebela contra elas: "O eu se recusa a ser afligido pelas provocações da realidade, a permitir que seja compelido a sofrer. Insiste em que não pode ser afetado pelos traumas do mundo externo; demonstra, na verdade, que esses traumas para ele não passam de ocasiões para obter prazer."[26] O prazer e o sofrimento caminhando juntos, no momento de contar a história de Maca, numa narrativa que insiste em se recusar aos lugares-comuns da vitimização, explodindo – literalmente inclusive, com suas desconcertantes "explosões" entre parênteses, que intervêm tanto nos manuscritos como no livro – as fronteiras entre o "baixo" e o "alto", o sublime e o grotesco, o cômico e o trágico, o sagrado e o profano. O humor e a morte caminhando juntos, como no exemplo que serve de guia para Freud, em que um condenado, sendo levado ao cadafalso numa segunda-feira, exclama: "Bem, a semana está começando otimamente."[27]

Nas últimas páginas do bloco manuscrito, chegamos à morte de Maca. O autor faz rodeios e aparecem os parênteses: "(Eu ainda poderia voltar atrás e recomeçar do ponto em que Macabea está em pé na calçada – e talvez dizer que um homem alourado olhou-a com olhos de não-importa-de-que-cor. Mas – mas agora fui longe demais e não posso retroceder. Mas pelo menos não falei em morte e sim apenas em grave atropelamento.)"[28] Como narrar a morte é uma das perguntas que os manuscritos nos fazem enxergar com estupor. Chega aqui o "gran finale" anunciado pelo autor, minuciosamente desmentido pelas intervenções que, ao montar o livro,

25 Freud, "O humor". *Obras completas*, v. XXI. Rio de Janeiro: Imago, 1980, p. 191.

26 Idem, p. 190.

27 Idem. p. 189.

28 Manuscritos de *A hora da estrela*, Acervo do Instituto Moreira Salles, pasta 10, p. 34.

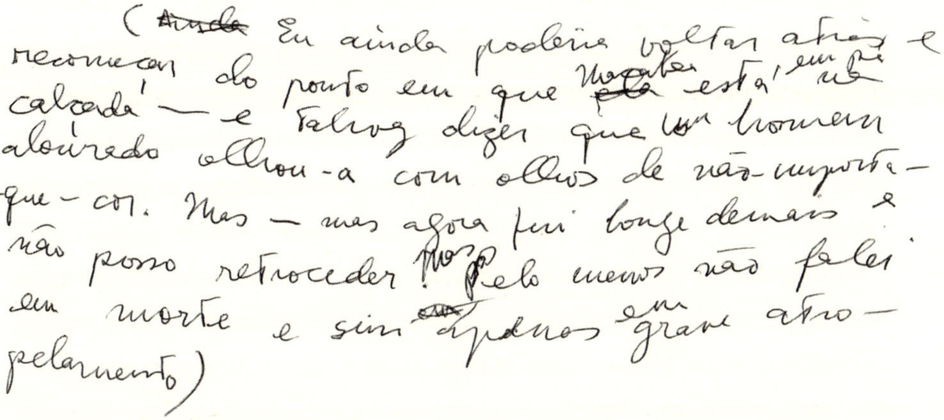
(~~Ainda~~ Eu ainda poderia voltar atrás e recomeçar do ponto em que ~~ela~~ Macabéa estava em pé na calçada — e talvez dizer que um homem alourado olhou-a com olhos de não-importa-de-que-cor. Mas — mas agora fui longe demais e não posso retroceder! ~~Nos~~ Pelo menos não falei em morte e sim ~~em~~ apenas em grave atropelamento)

Clarice fará no texto contínuo, muitas delas anotadas nos fragmentos que estão nestas pastas. Através delas, o livro desmentirá a verdade sobre a vida estar numa trajetória que vai de um começo a um fim. A “linha fatal” será recortada. Entre parênteses, no livro, retomam-se estas frases da abertura: “A verdade é sempre um contato interior inexplicável. A verdade é irreconhecível.”[29]

Se Clarice sabe o fim da história – a morte, inevitável –, a escrita precisa fazer outra coisa com isso. O que ela pode fazer? Ela desacelera, interrompe, imobiliza até, com procedimentos que se repetem: acrescentam-se reflexões e perguntas; parênteses, cortes de parágrafos ou longos traços, como o que aparece no manuscrito na hora do atropelamento, que no livro serão reduzidos a travessões: “E enorme como um transatlântico o Mercedes amarelo pegou-a – e neste mesmo instante em algum único lugar do mundo um cavalo como resposta empinou-se em gargalhada de relincho.”[30] Do manuscrito ao livro, de volta ao manuscrito, vejo o desejo

29 *A hora da estrela*, op.cit., p. 80.

30 Idem, p. 79.

de lidar com o tempo de outra maneira, não linear, simultâneo, de instantes que se sobrepõem, o que significa um outro sentido para a escrita, que não vai numa única direção, mas se espalha, pela casa, pelas gavetas, bolsas, pastas, ocupando o espaço inesperado que lhe designam as notas espalhadas por Clarice, a serem recolhidas pelas muitas mãos dos arquivistas.

Já chegamos ao final, mas é preciso recomeçar. Eu já cheguei ao final, mas recomeço enquanto copio o que escrevi nas folhas brancas que J. me ofereceu. Faltam ainda várias pastas. Abro a 11/34. Nela, um fragmento do fim, copiado por Olga Borelli, que anota, entre parênteses: "(Quando Maca morre.)"[31] Na seguinte, 12/34, um fragmento do começo: "Antes da pre-historia houve também a pre-historia da pre-historia."[32] E na próxima, 13/34, começando ainda, Olga anota no canto da página: "Autor antes de entrar na historia de Macabea." A nota diz ainda: "Sei que estou adiando a historia e que brinco de bola sem a bola." Num canto desta nota, é Cla-

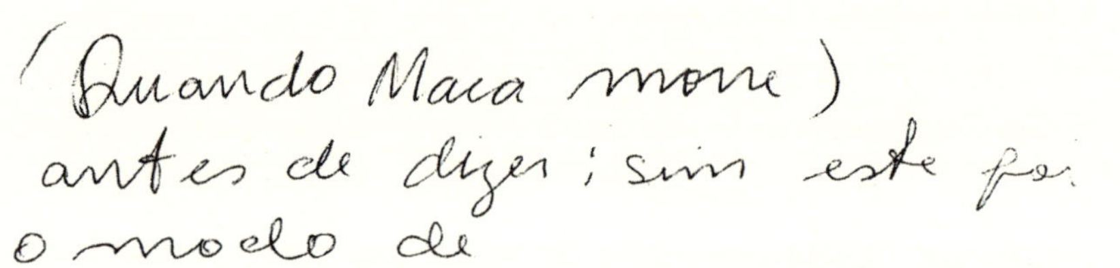
(Quando Maca morre)
antes de dizer; sim este foi
o modo de

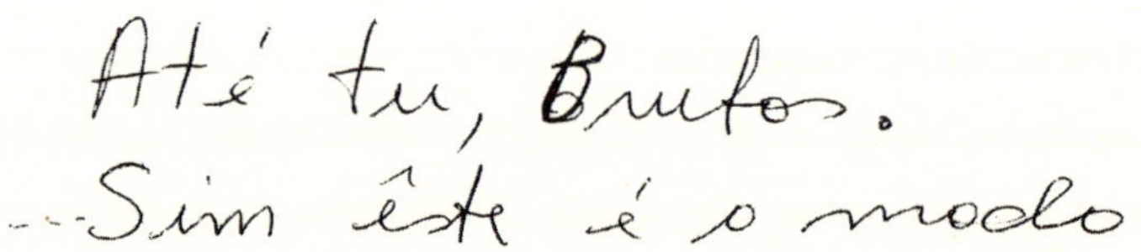
Até tu, Brutos.
...Sim êste é o modo

31 Manuscritos de *A hora da estrela*, Acervo do Instituto Moreira Salles, pasta 11, p. 1.

32 Idem, pasta 12, p. 1.

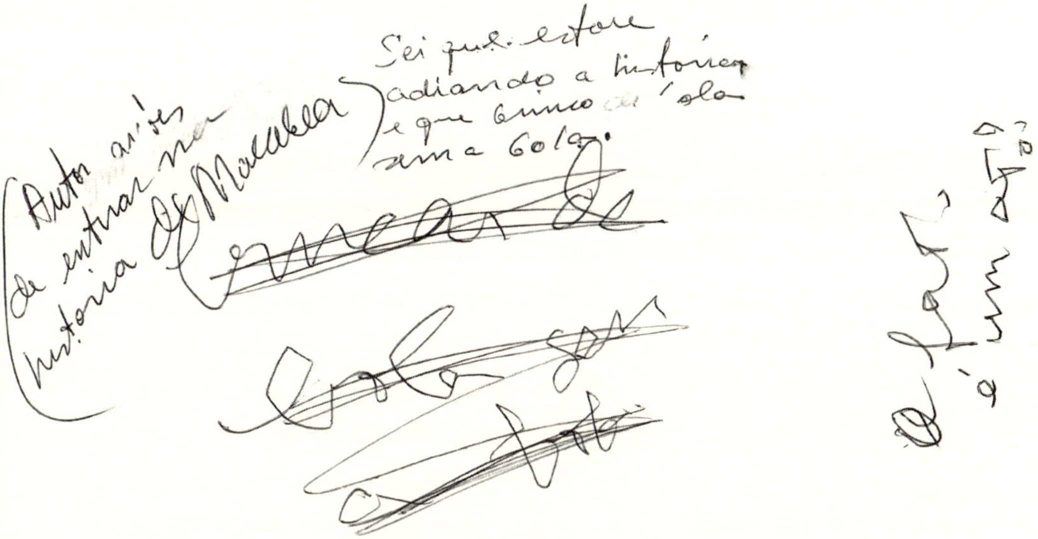

rice quem anota: "O fato é um ato?"[33] Da pasta 11 à 31, várias notas, fragmentos de texto; alguns entraram no livro, outros não[34]. O que testemunham esses fragmentos? Tal como se dá nosso encontro com eles – aqui, até aqui, antes e depois da pasta 10/34, seguindo a ordem do arquivo –, como um contraste entre a sequência de páginas e as notas soltas, entre o contínuo e o descontínuo, uma estrutura que se faz da tensão entre os dois, no fio do tempo e querendo se contrapor a ele, criando continuidades e desfazendo-as.

Na pasta 25/34, um exemplo que me encanta: duas frases, separadas por uma linha e um asterisco. A primeira diz: "A morte é o encontro consigo."[35] A segunda: "Deitada, morta, era tão grande como um cavalo morto." No livro, isso aparece na página 86, bem no final. Maca já morreu. Primeiro vem o aforismo, em seguida a descrição; separados no manuscrito, serão contíguos no livro, pondo em evidência um procedimento que cria

33 Idem, pasta 13, p. 1.

34 No site dedicado a Clarice Lispector, é possível vê-los, com as indicações da relação com a versão final do livro: http://claricelispectorims.com.br/notas-de-hora-da-estrela/.

35 Manuscritos de *A hora da estrela*, Acervo do Instituto Moreira Salles, pasta 25, p. 1.

cabeludas e das axilas que eu vou raspar

Olímpico: será que ela é loura embaixo também?

Antes da pré-história já havia

a pré-história da pré-história

~~O mundo~~ ~~nasce~~ é o O mundo

nunca começou e jamais

nunca é o

Deus e jamais: ~~fatídico~~

O Deus é o sem tempo.

instante

~~fugas~~ de tempo é aquele mínimo

em que o pneu

do carro correndo toca

no chão.

~~Pensado~~

~~Só me interessa o agora~~

Glória (gorda) do cabelo oxigenado

oxigenava os pelos das pernas

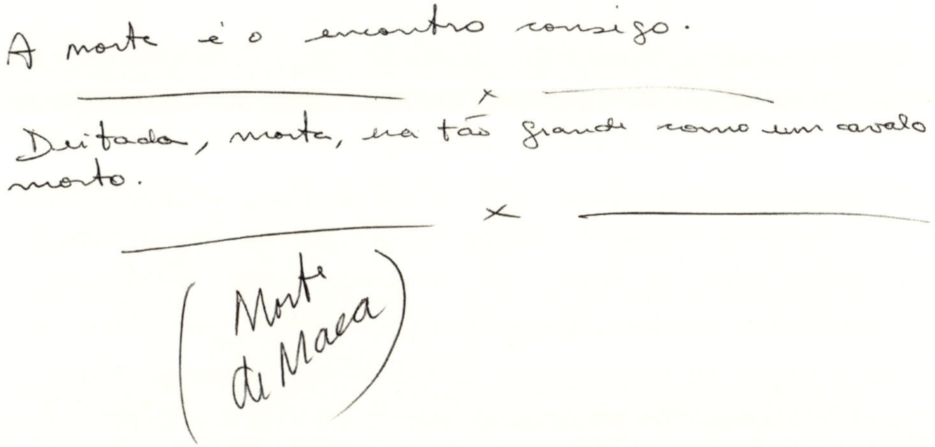
A morte é o encontro consigo.

x

Deitada, morta, era tão grande como um cavalo morto.

x

(Morte da Maca)

uma correspondência entre modos de escrita, para ultrapassar a fronteira entre reflexão e narrativa. E, mais ainda, a correspondência entre a morte de todos – e, claro, a de quem escreve –, esse "encontro consigo", e a morte da personagem. Contínuo descontínuo, novamente, porque não há hora mais solitária do que a morte, e no entanto o livro se esforça, perplexo, por compartilhá-la: "Meu Deus, só agora me lembrei que a gente morre. Mas – mas eu também?!"[36] Nesse momento, então, eu choro, me achando novamente ridícula, abaixando a cabeça para me esconder de J., desnecessariamente, porque ela está absorta, com a tela nos olhos e os fones nos ouvidos.

Maca morre várias vezes nos manuscritos: em vários dos fragmentos; nas últimas páginas do bloco da pasta 10/34; na pasta 33/34, longamente, em dez páginas nas quais Clarice copia a cena da morte a partir da saída de Maca da casa da cartomante. Mas aguardemos. Ainda falta. Porque na pasta 32/34, há um outro bloco de texto, menor do que o da pasta 10. São 12 páginas, numeradas por Clarice também, que correspondem, ainda que com várias modificações, ao preâmbulo do autor, antes de começar a narrar os "fatos antecedentes". Ao escrever isso, me vem a seguinte ideia:

36 *A hora da estrela*, op.cit., p. 87.

há diversos modos de ler um livro, diversos modos de visualizá-lo no espaço em que se distribuem suas páginas e de organizá-lo na nossa cabeça – e certamente cada leitor tem o seu; o encontro com o arquivo organiza o livro para nós de uma determinada maneira e, a partir dele, o livro ganha uma forma específica, contaminando nossa leitura para sempre. Pelo menos é assim que está sendo para mim, e o que faço com este texto, afinal de contas, é tentar contaminar a leitura de outros com a ordem destas pastas, como quando a personagem de um livro ganha, para sempre em nós, o rosto de sua adaptação cinematográfica. Como talvez Maca tenha, para muitos, o rosto de Marcélia Cartaxo.

Volto à pasta 32/34. O início do manuscrito não corresponde ao início do livro, mas ao seu quarto parágrafo, quando o autor começa a tratar mais diretamente de como escrever a história que está por vir. Os três parágrafos anteriores que não aparecem aqui estão, não obstante, presentes nos manuscritos, como na nota da pasta 18/34: "A verdade é sempre um contato interior e inexplicável. A minha vida a mais verdade é irreconhecível extremamente interior não tem uma só palavra que a signifique. Meu coração se esvaziou de todo desejo e reduz-se ao próprio último ou primeiro pulsar."[37] Clarice copia neste bloco de texto as palavras do autor, "esquentando o corpo para iniciar"[38], se preparando, preparando os leitores: "Esta história será o resultado de uma visão gradual", ela começa escrevendo. "É visão na iminência de. De quê? Mais tarde verei."[39] E no livro acrescentará: "Como que estou escrevendo na hora mesma em que sou lido."[40] Penso em Barthes, que em 1978 começa seu curso "A preparação do romance"; penso que no seu desejo de preparar o romance junto

37 Manuscritos de *A hora da estrela*, Acervo do Instituto Moreira Salles, pasta 18, p. 1

38 *A hora da estrela*, op.cit., p. 14.

39 Manuscritos de *A hora da estrela*, Acervo do Instituto Moreira Salles, pasta 32, p. 2.

40 *A hora da estrela*, op.cit., p. 12.

(Autor ?)

A verdade é
sempre um contato interior
inexplicável. A
minha vida a mais verdadeira é irreconhecível
extremamente
interior não tem
uma só palavra que
a signifique
Meu coração se
esvaziou de
todo desejo e
reduz-se ao
próprio último
ou primeiro
pulsar.

com seus alunos, desafiando, sessão após sessão, sua capacidade de realizar esse desejo, de certo modo ele vai na mesma direção do que Clarice realiza nestas páginas: linha após linha, ela se pergunta pelas condições de possibilidade da escrita deste livro, que lhe exige persistência e loucura, que modifica seu modo de escrever, que lhe faz abandonar tudo o que sabe, lançando-se no desconhecido.

Preparar é uma forma de começar – é o que Clarice está fazendo, é o que possivelmente Barthes queria fazer, com o romance que não chegou a escrever. Preparando, preparando-se, dobrando-se sobre si mesmas, estas páginas ainda assim avançam, linha após linha, debruçadas sobre o difícil ato de escrever. Penso nesse ato, que os manuscritos deixam ver, no seu esforço palpável. "Não é fácil escrever"[41], escreve Clarice. É preciso copiar e recopiar, anotar e montar, para que o texto finalmente comece a surgir. Na preparação exibida nestas páginas que Clarice colocará no início do seu livro se sobrepõem vários desafios, que quem escreve deve encarar. A impossibilidade assombra. Penso na mão de Clarice desenhando cada uma destas pequenas letras sobre a pauta, vendo ao mesmo tempo a tinta avançar sobre o papel e o texto se deter sobre si próprio: "É. Parece que estou mudando de modo de escrever. Mas acontece que só escrevo o que quero – e preciso falar sobre a moça senão sufoco. Escrevo em traços ríspidos."[42]

Clarice avança, em direção a "alguma coisa viva". "Não é pesca submarina de arpão, nem de anzol: é com as mãos de dedos duros que apalpo o que quero na lama."[43] Ela se detém. Hesita de novo em começar. E se pergunta várias vezes: por que escrevo? "Escrevo porque sou um desesperado? E estou cansado: não suporto mais a rotina de me ser e suicido-

41 Manuscritos de *A hora da estrela*, Acervo do Instituto Moreira Salles, pasta 32, p. 5.

42 Manuscritos de *A hora da estrela*, Acervo do Instituto Moreira Salles, pasta 32, p. 4.

43 Idem, p. 5.

Esta história será o resultado de uma visão gradual — há ano e meio estou descobrindo os seus porquês. É visão na iminência de. De quê? Mais tarde verei, só não começo pelo fim, que justificaria o começo assim como a morte parecer dizer tudo de uma vida, porque preciso registrar como digo num dos títulos os fatos antecedentes.

Escrevo com certo pudor de ter invalidado esta narrativa explícita de onde no entanto até sangue vivo escorre e logo se coagula em cubos de geléia trêmula. Se há nela veracidade e há, cada um a reconhecerá em si pois todos somos um de certo modo.

Preciso dizer que se eu não fosse um homem sensível e louco esse relato jamais se escreveria. Como é que sei tudo o que se segue sem eu ter vivido? É que vivi no nordeste e "peguei" no Rio de relance o olhar de um nordestino e de nordestina. Sei porque estou vivendo. E quem vive sabe o que sucede, mesmo que só subliminarmente. Relato antigo este porque não quero ser modernoso e inventar modismos à guisa de originalidades. Assim, pois, experimentarei pela primeira vez uma história com começo, meio e gran finale? História explícita que no entanto contém segredos sutis — a começar por um dos títulos "Quanto ao futuro." que é precedido por um ponto final e seguido por outro ponto final. Não se trata de capricho, não sou de lengas, e depois

Mas voltemos a hoje. [Porque] Hoje é hoje. E ouço que estão rindo de mim em risinhos ~~rápid~~ rápidos e ríspidos no escuro. Então respondo pior ainda: que amanhã será amanhã. Se for.

O que você escrever já está ~~escrito~~ [de algum modo] escrito em livro. Tenho é que me copiar com uma delicadeza de borboleta branca. Essa ideia de borboleta branca vem de que se a moça vier a se casar, casar-se-á virgem, leve e de branco. Ou não se casará? Tenho um destino nas minhas mãos e no entanto não me sinto com o poder de inventar. ~~e de transformar~~ ~~Estou sem liberdade porque sou obrigado a~~ ~~Sem liberdade existe o demônio da verdade. Ou então tenho liberdade mas não libertinagem.~~ ~~Nada aqui é gratuito~~ procurar uma verdade que não me agrada. Por que escrevo sobre alguém que não tem sequer pobreza enfeitada? Talvez porque há ~~um~~ recolhimento e sobriedade na pobreza — na ~~[illegible]~~ pobreza [de corpo e de espírito] ~~[illegible]~~ toco em santidade. E eu quero sentir o sôpro do meu além. Por que escrevo? Talvez por não ter nada a fazer no mundo: sobrei, não há lugar para mim na ~~[illegible]~~ terra dos homens. Escrevo porque sou um desesperado? E estou cansado: não suporto mais a rotina de me ser, e suicido-me todos os dias. Preparado para ir-me discretamente pela saída da porta dos fundos. Experimentei quase tudo. E agora só quereria que eu tivesse sido e não fui. O quê? desconheço —

Um dia escreverei sem som algum. Mas esta história é sonora demais para a própria personagem que está agora me pedindo licença para ~~falar~~ pelo menos existir. Mas hesito em começar: por medo! Quem quer me lê tenha medo — é o que auguro como frio vaticínio. Também se demoro e faço essa lenga-lenga sobre mim, é porque quero ser livre mesmo sem explicação de sentido, ~~quero~~ tento me libertar da história com seus fatos e atos e contrafatos.

Quando uma pessoa escreve aprende. Aprende do modo mais difícil e íngreme: [o que aprendo] ~~ensinado~~ por mim mesmo [para mim mesmo] é / Arranca de dentro de si a lenta aprendizagem é a função do escritor. Como "vi" muito a nordestina que ~~[illegible]~~

-me todos os dias. Preparado para ir-me discretamente pela saída da porta dos fundos."[44] Vida e morte se encontram. É uma escrita da melancolia e contra ela. É uma escrita patrocinada pela Coca-Cola e acompanhada do começo ao fim por uma "levíssima e constante dor de dente". "E mais: afianço que esta historia é tambem acompanhada por um violino que um homem magro de paleto poido toca bem na esquina. A cara do homem é estreita e amarela como se ele tivesse morrido."[45]

O homem que toca violino é conhecido da pasta 10. Volto lá. Quando, no final desse bloco de texto, Clarice chega à morte de Maca, encontra o ápice da vida de sua personagem, que vira arte na forma do melodrama. "Apareceu portanto o fantasma do homem magro de paleto poido tocando violino na esquina." A aparição remete a uma cena da infância: "Este homem, eu o vi uma vez ao anoitecer quando eu era criança." Este trecho do manuscrito tem algumas rasuras: por exemplo, ela escreve "em Recife" e depois risca a referência, que será, no entanto, mantida no livro. Mais adiante, ela escreve entre parênteses: "(Quando eu morrer vou ouvir de novo o violino na esquina)" [46], diferente também do que permanecerá no livro, em que se apagam os parênteses e se escreve: "Sei que quando eu morrer vou ouvir o violino do homem."[47] Vejo os manuscritos aqui intensificando o encontro de Clarice com sua Maca, entre o que se escreve e se apaga, na indecisão que reforça a intensidade do momento, em que ela imagina sua própria morte, criando simultaneamente um elo entre o início e o fim da vida, superpondo tempos e espaços.

Lembro da cena narrada duas vezes por Benjamin Moser, no início e no final de sua biografia, quando Clarice, indo de táxi para o hospital

44 Idem, p. 8.

45 Idem, p. 11.

46 Manuscritos de *A hora da estrela*, Acervo do Instituto Moreira Salles, pasta 10, p. 36.

47 *A hora da estrela*, op. cit., p. 82.

41

Apareceu pontudo o fantasma do homem magro de paletó puído tocando violino na esquina. Este homem eu o vi uma vez ao anoitecer quando eu era criança e o som espichado, romântico e fino sublinhava com uma linha dourada o mistério da rua — junto do homem havia uma latinha de zinco onde barulhavam metálicas as moedas que os transeuntes lhe jogavam em gratidão por ele lhes plangir a vida. Esta imagem só agora me veio à tona e só agora brotou-se-me o seu secreto sentido. (Quando eu morrer vou ouvir de novo o violino na esquina). Macabéa, ave Maria, ora pro nobis, cheia de graça, terras serenas, terras da promissão, terras do perdão. Por quê? é assim porque

Ela está solta ao acaso como uma porta balançando ao

agudo ao

estava precisando mesmo de morrer? porque
há momentos em que a pessoa está precisando
sem nem saber, é [illegible] substitue
a morte por um seu símbolo. Mas acho
que ainda não chegou a hora de Macabéa, pelo
menos ainda nada consigo adivinhar. Todos
Que tudo pare enquanto ainda não sei se ela vai morrer. [illegible]
tanto estava viva que mexeu-se devagar
e acomodou o corpo numa posição fetal:
Havia uma certa sensualidade no modo como se encolheu
E então ela disse uma frase que nenhum
entendeu. e talvez nem ela mesma. Disse assim
bem pronunciado e claro:

O que! Quanto ao futuro.
O [illegible] Ah! O súbito grito estertorado de

parece o que estão [illegible]

onde seria internada, diz para Olga Borelli: "Faz de conta que a gente não está indo para o hospital, que eu não estou doente e que nós estamos indo para Paris."[48] É ali também que leio sobre a última viagem que Clarice fez ao exterior, alguns meses antes da publicação de *A hora da estrela*. Em 19 de junho de 1977, Clarice desembarcou com Olga em Paris, onde planejava passar um mês, mas onde ficou apenas cinco dias. "A cidade era repleta de lembranças dolorosas – os amigos mortos Bluma Wainer e San Tiago Dantas, os anos com Maury, a beleza e a juventude perdidas."[49] Clarice fuma pelas ruas da cidade tomada pelo calor e pelos turistas. Já saiu cansada do Rio de Janeiro, depois dos preparativos da viagem. Tudo à sua volta lhe causa fastio. A cidade que antes a encantava, agora é um cenário que a expulsa. A cada passeio concluído, a angústia a faz virar-se para Olga e perguntar: "E agora?"

É difícil pensar num efeito mais forte da escrita do que o de poder estar em outro lugar. Paris num táxi no Rio de Janeiro. Rio de Janeiro que será sempre um pouco Recife. Ou Maceió. Ou Buenos Aires. Em 1977, e 40 anos depois, nesta pequena sala envidraçada, em companhia de J., que me lembra que falta pouco para as 18 horas, quando ela terá de ir embora, e eu também. Vamos abrir a última pasta? Vamos passar as páginas e vamos acompanhar Maca, mais uma vez. Porque se não há hora mais solitária do que esta, Clarice a copia e a recopia, com uma letra que já não segue a pauta, que fica mais e mais trêmula, a cada página. "Sim, foi este o modo como eu quis dizer que – que Macabea morreu."[50] Sim, ela morreu, mais uma vez. "E agora – agora só me resta acender um cigarro e ir para casa. É tempo de morangos."[51]

48 Benjamin Moser, p. 552.

49 Benjamin Moser, op.cit., p. 540.

50 Manuscritos de *A hora da estrela*, Acervo do Instituto Moreira Salles, pasta 33, p. 10.

51 Idem, p. 8.

A hora da estrela: o livro

DEDICATÓRIA DO AUTOR

(Na verdade Clarice Lispector)

Pois que dedico esta coisa aí ao antigo Schumann e sua doce Clara que são hoje ossos, ai de nós. Dedico-me à cor rubra muito escarlate como o meu sangue de homem em plena idade e portanto dedico-me a meu sangue. Dedico-me sobretudo aos gnomos, anões, sílfides e ninfas que me habitam a vida. Dedico-me à saudade de minha antiga pobreza, quando tudo era mais sóbrio e digno e eu nunca havia comido lagosta. Dedico-me à tempestade de Beethoven. À vibração das cores neutras de Bach. A Chopin que me amolece os ossos. A Stravinsky que me espantou e com quem voei em fogo. À "Morte e Transfiguração", em que Richard Strauss me revela um destino? Sobretudo dedico-me às vésperas de hoje e a hoje, ao transparente véu de Debussy, a Marlos Nobre, a Prokofiev, a Carl Orff, a Schönberg, aos dodecafônicos, aos gritos rascantes dos eletrônicos – a todos esses que em mim atingiram zonas assustadoramente inesperadas, todos esses profetas do presente e que a mim me vaticinaram a mim mesmo a ponto de eu neste instante explodir em: eu. Esse eu que é vós pois não aguento ser apenas mim, preciso dos outros para me manter de pé, tão tonto que sou, eu enviesado, enfim que é que se há de fazer senão meditar para cair naquele vazio pleno que só se atinge com a meditação. Meditar não precisa de ter resultados: a meditação pode ter como fim apenas ela mesma. Eu medito sem palavras e sobre o nada. O que me atrapalha a vida é escrever.

E – e não esquecer que a estrutura do átomo não é vista mas sabe-se dela. Sei de muita coisa que não vi. E vós também. Não se pode dar uma prova da existência do que é mais verdadeiro, o jeito é acreditar. Acreditar chorando.

Esta história acontece em estado de emergência e de calamidade pública. Trata-se de livro inacabado porque lhe falta a resposta. Resposta esta que espero que alguém no mundo ma dê. Vós? É uma história em tecnicolor para ter algum luxo, por Deus, que eu também preciso. Amém para nós todos.

Tudo no mundo começou com um sim. Uma molécula disse sim a outra molécula e nasceu a vida. Mas antes da pré-história havia a pré-história da pré-história e havia o nunca e havia o sim. Sempre houve. Não sei o quê, mas sei que o universo jamais começou.

Que ninguém se engane, só consigo a simplicidade através de muito trabalho.

Enquanto eu tiver perguntas e não houver resposta continuarei a escrever. Como começar pelo início, se as coisas acontecem antes de acontecer? Se antes da pré-pré-história já havia os monstros apocalípticos? Se esta história não existe, passará a existir. Pensar é um ato. Sentir é um fato. Os dois juntos – sou eu que escrevo o que estou escrevendo. Deus é o mundo. A verdade é sempre um contato interior e inexplicável. A minha vida a mais verdadeira é irreconhecível, extremamente interior e não tem uma só palavra que a signifique. Meu coração se esvaziou de todo desejo e reduz-se ao próprio último ou primeiro pulsar. A dor de dentes que perpassa esta história deu uma fisgada funda em plena boca nossa. Então eu canto alto agudo uma melodia sincopada e estridente – é a minha própria dor, eu que carrego o mundo e há falta de felicidade. Felicidade? Nunca vi palavra mais doida, inventada pelas nordestinas que andam por aí aos montes.

Como eu irei dizer agora, esta história será o resultado de uma visão gradual – há dois anos e meio venho aos poucos descobrindo os porquês. É visão da iminência de. De quê? Quem sabe se mais tarde saberei. Como que estou escrevendo na hora mesma em que sou lido. Só não inicio pelo fim que justificaria o começo – como a morte parece dizer sobre a vida – porque preciso registrar os fatos antecedentes.

Escrevo neste instante com algum prévio pudor por vos estar invadindo com tal narrativa tão exterior e explícita. De onde no entanto até sangue arfante de tão vivo de vida poderá quem sabe escorrer e logo se coagular em cubos de geleia trêmula. Será essa história um dia o meu coágulo? Que sei eu. Se há veracidade nela – e é claro que a história é verdadeira embora inventada – que cada um a reconheça em si mesmo porque todos nós somos um e quem não tem pobreza de dinheiro tem pobreza de espírito ou saudade por lhe faltar coisa mais preciosa que ouro – existe a quem falte o delicado essencial.

Como é que sei tudo o que vai se seguir e que ainda o desconheço, já que nunca o vivi? É que numa rua do Rio de Janeiro peguei no ar de relance o sentimento de perdição no rosto de uma moça nordestina. Sem falar que eu em menino me criei no Nordeste. Também sei das coisas por estar vivendo. Quem vive sabe, mesmo sem saber que sabe. Assim é que os senhores sabem mais do que imaginam e estão fingindo de sonsos.

Proponho-me a que não seja complexo o que escreverei, embora obrigado a usar as palavras que vos sustentam. A história – determino com falso livre-arbítrio – vai ter uns sete personagens e eu sou um dos mais importantes deles, é claro. Eu, Rodrigo S. M. Relato antigo, este, pois não quero ser modernoso e inventar modismos à guisa de originalidade. Assim é que experimentarei contra os meus hábitos uma história com começo, meio e "gran finale" seguido de silêncio e de chuva caindo.

História exterior e explícita, sim, mas que contém segredos – a começar por um dos títulos, ".Quanto ao futuro.", que é precedido por um ponto final e seguido de outro ponto final. Não se trata de capricho meu – no fim talvez se entenda a necessidade do delimitado. (Mal e mal vislumbro o final que, se minha pobreza permitir, quero que seja grandioso.) Se em vez de ponto fosse seguido por reticências o título ficaria aberto a possíveis imaginações vossas, porventura até malsãs e sem piedade. Bem, é verdade que também eu não tenho piedade do meu personagem principal, a nordestina: é um relato que desejo frio. Mas tenho o direito de ser dolorosamente frio, e não vós. Por tudo isto é que não vos dou a vez. Não se trata apenas de narrativa, é antes de tudo vida primária que respira, respira, respira. Material poroso, um dia viverei aqui a vida de uma molécula com seu estrondo possível de átomos. O que escrevo é mais do que invenção, é minha obrigação contar sobre essa moça entre milhares delas. E dever meu, nem que seja de pouca arte, o de revelar-lhe a vida.

Porque há o direito ao grito.

Então eu grito.

Grito puro e sem pedir esmola. Sei que há moças que vendem o corpo, única posse real, em troca de um bom jantar em vez de um sanduíche de mortadela. Mas a pessoa de quem falarei mal tem corpo para vender, ninguém a quer, ela é virgem e inócua, não faz falta a ninguém. Aliás – descubro eu agora – também eu não faço a menor falta, e até o que escrevo um outro escreveria. Um outro escritor, sim, mas teria que ser homem porque escritora mulher pode lacrimejar piegas.

Como a nordestina, há milhares de moças espalhadas por cortiços, vagas de cama num quarto, atrás de balcões trabalhando até a estafa. Não notam sequer que são facilmente substituíveis e que tanto existiriam como não existiriam. Poucas se queixam e ao que eu saiba nenhuma reclama por não saber a quem. Esse quem será que existe?

Estou esquentando o corpo para iniciar, esfregando as mãos uma na outra para ter coragem. Agora me lembrei de que houve um tempo em que para me esquentar o espírito eu rezava: o movimento é espírito. A reza era um meio de mudamente e escondido de todos atingir-me a mim mesmo. Quando rezava conseguia um oco de alma – e esse oco é o tudo que posso eu jamais ter. Mais do que isso, nada. Mas o vazio tem o valor e a semelhança do pleno. Um meio de obter é não procurar, um meio de ter é o de não pedir e somente acreditar que o silêncio que eu creio em mim é resposta a meu – a meu mistério.

Pretendo, como já insinuei, escrever de modo cada vez mais simples. Aliás o material de que disponho é parco e singelo demais, as informações sobre os personagens são poucas e não muito elucidativas, informações essas que penosamente me vêm de mim para mim mesmo, é trabalho de carpintaria.

Sim, mas não esquecer que para escrever não importa o quê o meu material básico é a palavra. Assim é que esta história será feita de palavras que se agrupam em frases e destas se evola um sentido secreto que ultrapassa palavras e frases. É claro que, como todo escritor, tenho a tentação de usar termos suculentos: conheço adjetivos esplendorosos, carnudos substantivos e verbos tão esguios que atravessam agudos o ar em vias de ação, já que palavra é ação, concordais? Mas não vou enfeitar a palavra pois se eu tocar no pão da moça esse pão se tornará em ouro – e a jovem (ela tem dezenove anos) e a jovem não poderia mordê-lo, morrendo de fome. Tenho então que falar simples para captar a sua delicada e vaga existência. Limito-me a humildemente – mas sem fazer estardalhaço de minha humildade que já não seria humilde – limito-me a contar as fracas aventuras de uma moça numa cidade toda feita contra ela. Ela que deveria ter ficado no sertão de Alagoas com vestido de chita e sem nenhuma datilografia, já que escrevia tão mal, só tinha até o terceiro ano primário. Por ser ignorante era obrigada na datilografia a copiar lentamente letra por letra – a tia é que lhe dera um curso ralo de como bater à máquina. E a moça ganhara uma dignidade: era enfim datilógrafa. Embora, ao que parece, não aprovasse na linguagem duas consoantes juntas e copiava a letra linda e redonda do amado chefe a palavra "designar" de modo como em língua falada diria: "desiguinar".

Desculpai-me mas vou continuar a falar de mim que sou meu desconhecido, e ao escrever me surpreendo um pouco pois descobri que tenho um destino. Quem já não se perguntou: sou um monstro ou isto é ser uma pessoa?

Quero antes afiançar que essa moça não se conhece senão através de ir vivendo à toa. Se tivesse a tolice de se perguntar "quem sou eu?" cairia estatelada e em cheio no chão. É que "quem sou eu?" provoca necessidade. E como satisfazer a necessidade? Quem se indaga é incompleto.

A pessoa de quem vou falar é tão tola que às vezes sorri para os outros na rua. Ninguém lhe responde ao sorriso porque nem ao menos a olham.

Voltando a mim: o que escreverei não pode ser absorvido por mentes que muito exijam e ávidas de requintes. Pois o que estarei dizendo será apenas nu. Embora tenha como pano de fundo – e agora mesmo – a penumbra atormentada que sempre há nos meus sonhos quando de noite atormentado durmo. Que não se esperem, então, estrelas no que se segue: nada cintilará, trata-se de matéria opaca e por sua própria natureza desprezível por todos. É que a esta história falta melodia cantabile. O seu ritmo é às vezes descompassado. E tem fatos. Apaixonei-me subitamente por fatos sem literatura – fatos são pedras duras e agir está me interessando mais do que pensar, de fatos não há como fugir.

Pergunto-me se eu deveria caminhar à frente do tempo e esboçar logo um final. Acontece porém que eu mesmo ainda não sei bem como esse isto terminará. E também porque entendo que devo caminhar passo a passo de acordo com um prazo determinado por horas: até um bicho lida com o tempo. E esta é também a minha mais primeira condição: a de caminhar paulatinamente apesar da impaciência que tenho em relação a essa moça.

Com esta história eu vou me sensibilizar, e bem sei que cada dia é um dia roubado da morte. Eu não sou um intelectual, escrevo com o corpo. E o que escrevo é uma névoa úmida. As palavras são sons transfundidos de sombras que se entrecruzam desiguais, estalactites, renda, música transfigurada de órgão. Mal ouso clamar palavras a essa rede vibrante e rica, mórbida e obscura tendo como contratom o baixo grosso da dor. Alegro com brio. Tentarei tirar ouro do carvão. Sei que estou adiando a história e que brinco de bola sem a bola. O fato é um ato? Juro que este livro é feito sem palavras. É uma fotografia muda. Este livro é um silêncio. Este livro é uma pergunta.

Mas desconfio que toda essa conversa é feita apenas para adiar a pobreza da história, pois estou com medo. Antes de ter surgido na minha vida essa datilógrafa, eu era um homem até mesmo um pouco contente, apesar do mau êxito na minha literatura. As coisas estavam de algum modo tão boas que podiam se tornar muito ruins porque o que amadurece plenamente pode apodrecer.

Transgredir, porém, os meus próprios limites me fascinou de repente. E foi quando pensei em escrever sobre a realidade, já que essa me ultrapassa. Qualquer que seja o que quer dizer "realidade". O que narrarei será meloso? Tem tendência mas então agora mesmo seco e endureço tudo. E pelo menos o que escrevo não pede favor a ninguém e não implora socorro: aguenta-se na sua chamada dor com uma dignidade de barão.

É. Parece que estou mudando de modo de escrever. Mas acontece que só escrevo o que quero, não sou um profissional – e preciso falar dessa nordestina senão sufoco. Ela me acusa e o meio de me defender é escrever sobre ela. Escrevo em traços vivos e ríspidos de pintura. Estarei lidando com fatos como se fossem as irremediáveis pedras de que falei. Embora queira que para me animar sinos badalem enquanto adivinho a realidade. E que anjos esvoacem em vespas transparentes em torno de minha cabeça quente porque esta quer enfim se transformar em objeto-coisa, é mais fácil.

Será mesmo que a ação ultrapassa a palavra?

Mas que ao escrever – que o nome real seja dado às coisas. Cada coisa é uma palavra. E quando não se a tem, inventa-se-a. Esse vosso Deus que nos mandou inventar.

Por que escrevo? Antes de tudo porque captei o espírito da língua e assim às vezes a forma é que faz conteúdo. Escrevo portanto não por causa da nordestina mas por motivo grave de "força maior", como se diz nos requerimentos oficiais, por "força de lei".

Sim, minha força está na solidão. Não tenho medo nem de chuvas tempestivas nem das grandes ventanias soltas, pois eu também sou o escuro da noite. Embora não aguente bem ouvir um assovio no escuro, e passos. Escuridão? lembro-me de uma namorada: era moça-mulher e que escuridão dentro de seu corpo. Nunca a esqueci: jamais se esquece a pessoa com quem se dormiu. O acontecimento fica tatuado em marca de fogo na carne viva e todos os que percebem o estigma fogem com horror.

Quero neste instante falar da nordestina. É o seguinte: ela como uma cadela vadia era teleguiada exclusivamente por si mesma. Pois reduzira-se a si. Também eu, de fracasso em fracasso, me reduzi a mim mas pelo menos quero encontrar o mundo e seu Deus.

Quero acrescentar, à guisa de informações sobre a jovem e sobre mim, que vivemos exclusivamente no presente pois sempre e eternamente é o dia de hoje e o dia de amanhã será um hoje, a eternidade é o estado das coisas neste momento.

E eis que fiquei agora receoso quando pus palavras sobre a nordestina. E a pergunta é: como escrevo? Verifico que escrevo de ouvido assim como aprendi inglês e francês de ouvido. Antecedentes meus do escrever? sou um homem que tem mais dinheiro do que os que passam fome, o que faz de mim de algum modo um desonesto. E só minto na hora exata da mentira. Mas quando escrevo não minto. Que mais? Sim, não tenho classe social, marginalizado que sou. A classe alta me tem como um monstro esquisito, a média com desconfiança de que eu possa desequilibrá-la, a classe baixa nunca vem a mim.

Não, não é fácil escrever. É duro como quebrar rochas. Mas voam faíscas e lascas como aços espelhados.

Ah que medo de começar e ainda nem sequer sei o nome da moça. Sem falar que a história me desespera por ser simples demais. O que me proponho contar parece fácil e à mão de todos. Mas a sua elaboração é muito difícil. Pois tenho que tornar nítido o que está quase apagado e que mal vejo. Com mãos de dedos duros enlameados apalpar o invisível na própria lama.

De uma coisa tenho certeza: essa narrativa mexerá com uma coisa delicada: a criação de uma pessoa inteira que na certa está tão viva quanto eu. Cuidai dela porque meu poder é só mostrá-la para que vós a reconheçais na rua, andando de leve por causa da esvoaçada magreza. E se for triste a minha narrativa? Depois na certa escreverei algo alegre, embora alegre por quê? Porque também sou um homem de hosanas e um dia, quem sabe, cantarei loas que não as dificuldades da nordestina.

Por enquanto quero andar nu ou em farrapos, quero experimentar pelo menos uma vez a falta de gosto que dizem ter a hóstia. Comer a hóstia será sentir o insosso do mundo e banhar-se no não. Isso será coragem minha, a de abandonar sentimentos antigos já confortáveis.

Agora não é confortável: para falar da moça tenho que não fazer a barba durante dias e adquirir olheiras escuras por dormir pouco, só cochilar de pura exaustão, sou um trabalhador manual. Além de vestir-me com roupa velha rasgada. Tudo isso para me pôr no nível da nordestina. Sabendo no entanto que talvez eu tivesse que me apresentar de modo mais convincente às sociedades que muito reclamam de quem está neste instante mesmo batendo à máquina.

Tudo isso, sim, a história é história. Mas sabendo antes para nunca esquecer que a palavra é fruto da palavra. A palavra tem que se parecer com a palavra. Atingi-la é o meu primeiro dever para comigo. E a palavra não pode ser enfeitada e artisticamente vã, tem que ser apenas ela. Bem, é verdade que também queria alcançar uma sensação fina e que esse finíssimo não se quebrasse em linha perpétua. Ao mesmo tempo que quero também alcançar o trombone mais grosso e baixo, grave e terra, tão a troco de nada que por nervosismo de escrever eu tivesse um acesso incontrolável de riso vindo do peito. E quero aceitar minha liberdade sem pensar o que muitos acham: que existir é coisa de doido, caso de loucura. Porque parece. Existir não é lógico.

A ação desta história terá como resultado minha transfiguração em outrem e minha materialização enfim em objeto. Sim, e talvez alcance a flauta doce em que eu me enovelarei em macio cipó.

Mas voltemos a hoje. Porque, como se sabe, hoje é hoje. Não estão me entendendo e eu ouço escuro que estão rindo de mim em risos rápidos e ríspidos de velhos. E ouço passos cadenciados na rua. Tenho um arrepio de medo. Ainda bem que o que eu vou escrever já deve estar na certa de algum modo escrito em mim. Tenho é que me copiar com uma delicadeza de borboleta branca. Essa ideia de borboleta branca vem de que, se a moça vier a se casar, casar-se-á magra e leve, e, como virgem, de branco. Ou não se casará? O fato é que tenho nas minhas mãos um destino e no entanto não me sinto com o poder de livremente inventar: sigo uma oculta linha fatal. Sou obrigado a procurar uma verdade que me ultrapassa. Por que escrevo sobre uma jovem que nem pobreza enfeitada tem? Talvez porque nela haja um recolhimento e também porque na pobreza de corpo e espírito eu toco na santidade, eu que quero sentir o sopro do meu além. Para ser mais do que eu, pois tão pouco sou.

Escrevo por não ter nada a fazer no mundo: sobrei e não há lugar para mim na terra dos homens. Escrevo porque sou um desesperado e estou cansado, não suporto mais a rotina de me ser e se não fosse a sempre novidade que é escrever, eu me morreria simbolicamente todos os dias. Mas preparado estou para sair discretamente pela saída da porta dos fundos. Experimentei quase tudo, inclusive a paixão e o seu desespero. E agora só quereria ter o que eu tivesse sido e não fui.

Pareço conhecer nos menores detalhes essa nordestina, pois se vivo com ela. E como muito adivinhei a seu respeito, ela se me grudou na pele qual melado pegajoso ou lama negra. Quando eu era menino li a história de um velho que estava com medo de atravessar um rio. E foi quando apareceu um homem jovem que também queria passar para a outra margem. O velho aproveitou e disse:

– Me leva também? Eu bem montado nos teus ombros?

O moço consentiu e passada a travessia avisou-lhe:

– Já chegamos, agora pode descer.

Mas aí o velho respondeu muito sonso e sabido:

– Ah, essa não! É tão bom estar aqui montado como estou que nunca mais vou sair de você!

Pois a datilógrafa não quer sair dos meus ombros. Logo eu que constato que a pobreza é feia e promíscua. Por isso não sei se minha história vai ser – ser o quê? Não sei de nada, ainda não me animei a escrevê-la. Terá acontecimentos? Terá. Mas quais? Também não sei. Não estou tentando criar em vós uma expectativa aflita e voraz: é que realmente não sei o que me espera, tenho um personagem buliçoso nas mãos e que me escapa a cada instante querendo que eu o recupere.

Esqueci de dizer que tudo o que estou agora escrevendo é acompanhado pelo rufar enfático de um tambor batido por um soldado. No instante mesmo em que eu começar a história – de súbito cessará o tambor.

Vejo a nordestina se olhando ao espelho e – um rufar de tambor – no espelho aparece o meu rosto cansado e barbudo. Tanto nós nos intertrocamos. Não há dúvida que ela é uma pessoa física. E adianto um fato: trata-se de moça que nunca se viu nua porque tinha vergonha. Vergonha por pudor ou por ser feia? Pergunto-me também como é que eu vou cair de quatro em fatos e fatos. É que de repente o figurativo me fascinou: crio a ação humana e estremeço. Também quero o figurativo assim como um pintor que só pintasse cores abstratas quisesse mostrar que o fazia por gosto, e não por não saber desenhar. Para desenhar a moça tenho que me domar e para poder captar sua alma tenho que me alimentar frugalmente de frutas e beber vinho branco gelado pois faz calor neste cubículo onde me tranquei e de onde tenho a veleidade de querer ver o mundo. Também tive que me abster de sexo e de futebol. Sem falar que não entro em contato com ninguém. Voltarei algum dia à minha vida anterior? Duvido muito. Vejo agora que esqueci de dizer que por enquanto nada leio para não contaminar com luxos a simplicidade de minha linguagem. Pois como eu disse a palavra tem que se parecer com a palavra, instrumento meu.

Ou não sou um escritor? Na verdade sou mais ator porque, com apenas um modo de pontuar, faço malabarismos de entonação, obrigo o respirar alheio a me acompanhar o texto.

Também esqueci de dizer que o registro que em breve vai ter que começar – pois já não aguento a pressão dos fatos – o registro que em breve vai ter que começar é escrito sob o patrocínio do refrigerante mais popular do mundo e que nem por isso me paga nada, refrigerante esse espalhado por todos os países. Aliás foi ele quem patrocinou o último terremoto em Guatemala. Apesar de ter gosto do cheiro de esmalte de unhas, de sabão Aristolino e plástico mastigado. Tudo isso não impede que todos o amem com servilidade e subserviência. Também porque – e vou dizer agora uma coisa difícil que só eu entendo – porque essa bebida que tem coca é hoje. Ela é um meio da pessoa atualizar-se e pisar na hora presente.

Quanto à moça, ela vive num limbo impessoal, sem alcançar o pior nem o melhor. Ela somente vive, inspirando e expirando, inspirando e expirando. Na verdade – para que mais que isso? O seu viver é ralo. Sim. Mas por que estou me sentindo culpado? E procurando aliviar-me do peso de nada ter feito de concreto em benefício da moça. Moça essa – e vejo que já estou quase na história – moça essa que dormia de combinação de brim com manchas bastante suspeitas de sangue pálido. Para adormecer nas frígidas noites de inverno enroscava-se em si mesma, recebendo-se e dando-se o próprio parco calor. Dormia de boca aberta por causa do nariz entupido, dormia exausta, dormia até o nunca.

Devo acrescentar um algo que importa muito para a apreensão da narrativa: é que esta é acompanhada do princípio ao fim por uma levíssima e constante dor de dentes, coisa de dentina exposta. Afianço também que a história será igualmente acompanhada pelo violino plangente tocado por um homem magro bem na esquina. A sua cara é estreita e amarela como se ele já tivesse morrido. E talvez tenha.

Tudo isso eu disse tão longamente por medo de ter prometido demais e dar apenas o simples e o pouco. Pois esta história é quase nada. O jeito é começar de repente assim como eu me lanço de repente na água gélida do mar, modo de enfrentar com uma coragem suicida o intenso frio. Vou agora começar pelo meio dizendo que –

– que ela era incompetente. Incompetente para a vida. Faltava-lhe o jeito de se ajeitar. Só vagamente tomava conhecimento da espécie de ausência que tinha de si em si mesma. Se fosse criatura que se exprimisse diria: o mundo é fora de mim, eu sou fora de mim. (Vai ser difícil escrever esta história. Apesar de eu não ter nada a ver com a moça, terei que me escrever todo através dela por entre espantos meus. Os fatos são sonoros mas entre os fatos há um sussurro. É o sussurro o que me impressiona.)

Faltava-lhe o jeito de se ajeitar. Tanto que (explosão) nada argumentou em seu próprio favor quando o chefe da firma de representante de roldanas avisou-lhe com brutalidade (brutalidade essa que ela parecia provocar com sua cara de tola, rosto que pedia tapa), com brutalidade que só ia manter no emprego Glória, sua colega, porque quanto a ela, errava demais na datilografia, além de sujar invariavelmente o papel. Isso disse ele. Quanto à moça, achou que se deve por respeito responder alguma coisa e falou cerimoniosa a seu escondidamente amado chefe:

– Me desculpe o aborrecimento.

O Senhor Raimundo Silveira – que a essa altura já lhe havia virado as costas – voltou-se um pouco surpreendido com a inesperada delicadeza e alguma coisa na cara quase sorridente da datilógrafa o fez dizer com menos grosseria na voz, embora a contragosto:

– Bem, a despedida pode não ser para já, é capaz até de demorar um pouco.

Depois de receber o aviso foi ao banheiro para ficar sozinha porque estava toda atordoada. Olhou-se maquinalmente ao espelho que encimava a pia imunda e rachada, cheia de cabelos, o que tanto combinava com sua vida. Pareceu-lhe que o espelho baço e escurecido não refletia imagem alguma. Sumira por acaso a sua existência física? Logo depois passou a ilusão e enxergou a cara toda deformada pelo espelho ordinário, o nariz tornado enorme como o de um palhaço de nariz de papelão. Olhou-se e levemente pensou: tão jovem e já com ferrugem.

(Há os que têm. E há os que não têm. É muito simples: a moça não tinha. Não tinha o quê? É apenas isso mesmo: não tinha. Se der para me entenderem, está bem. Se não, também está bem. Mas por que trato dessa moça quando o que mais desejo é trigo puramente maduro e ouro no estio?)

Quando era pequena sua tia para castigá-la com o medo dissera-lhe que homem-vampiro – aquele que chupa sangue da pessoa mordendo-lhe o tenro da garganta – não tinha reflexo no espelho. Até que não seria de todo ruim ser vampiro pois bem que lhe iria algum rosado de sangue no amarelado do rosto, ela que não parecia ter sangue a menos que viesse um dia a derramá-lo.

A moça tinha ombros curvos como os de uma cerzideira. Aprendera em pequena a cerzir. Ela se realizaria muito mais se se desse ao delicado labor de restaurar fios, quem sabe se de seda. Ou de luxo: cetim bem brilhoso, um beijo de almas. Cerzideirinha mosquito. Carregar em costas de formiga um grão de açúcar. Ela era de leve como uma idiota, só que não o era. Não sabia que era infeliz. É porque ela acreditava. Em quê? Em vós, mas não é preciso acreditar em alguém ou em alguma coisa – basta acreditar. Isso lhe dava às vezes estado de graça. Nunca perdera a fé.

(Ela me incomoda tanto que fiquei oco. Estou oco desta moça. E ela tanto mais me incomoda quanto menos reclama. Estou com raiva. Uma cólera de derrubar copos e pratos e quebrar vidraças. Como me vingar? Ou melhor, como me compensar? Já sei: amando meu cão que tem mais comida do que a moça. Por que ela não reage? Cadê um pouco de fibra? Não, ela é doce e obediente.)

Viu ainda dois olhos enormes, redondos, saltados e interrogativos – tinha olhar de quem tem uma asa ferida – distúrbio talvez da tiroide, olhos que perguntavam. A quem interrogava ela? a Deus? Ela não pensava em Deus, Deus não pensava nela. Deus é de quem conseguir pegá-lo. Na distração aparece Deus. Não fazia perguntas. Adivinhava que não há respostas. Era lá tola de perguntar? E de receber um "não" na cara? Talvez a pergunta vazia fosse apenas para que um dia alguém não viesse a dizer que ela nem ao menos havia perguntado. Por falta de quem lhe respondesse ela mesma parecia se ter respondido: é assim porque é assim. Existe no mundo outra resposta? Se alguém sabe de uma melhor, que se apresente e a diga, estou há anos esperando.

Enquanto isso as nuvens são brancas e o céu é todo azul. Para que tanto Deus. Por que não um pouco para os homens.

Ela nascera com maus antecedentes e agora parecia uma filha de um não sei o quê com ar de se desculpar por ocupar espaço. No espelho distraidamente examinou de perto as manchas no rosto. Em Alagoas chamavam-se "panos", diziam que vinham do fígado. Disfarçava os panos com grossa camada de pó branco e se ficava meio caiada era melhor que o pardacento. Ela toda era um pouco encardida pois raramente se lavava. De dia usava saia e blusa, de noite dormia de combinação. Uma colega de quarto não sabia como avisar-lhe que seu cheiro era murrinhento. E como não sabia, ficou por isso mesmo, pois tinha medo de ofendê-la. Nada nela era iridescente, embora a pele do rosto entre as manchas tivesse um leve brilho de opala. Mas não importava. Ninguém olhava para ela na rua, ela era café frio.

E assim se passava o tempo para a moça esta. Assoava o nariz na barra da combinação. Não tinha aquela coisa delicada que se chama encanto. Só eu a vejo encantadora. Só eu, seu autor, a amo. Sofro por ela. E só eu é que posso dizer assim: "que é que você me pede chorando que eu não lhe dê cantando"? Essa moça não sabia que ela era o que era, assim como um cachorro não sabe que é cachorro. Daí não se sentir infeliz. A única coisa que queria era viver. Não sabia para quê, não se indagava. Quem sabe, achava que havia uma gloriazinha em viver. Ela pensava que a pessoa é obrigada a ser feliz. Então era. Antes de nascer ela era uma ideia? Antes de nascer ela era morta? E depois de nascer ela ia morrer? Mas que fina talhada de melancia.

Há poucos fatos a narrar e eu mesmo não sei ainda o que estou denunciando.

Agora (explosão) em rapidíssimos traços desenharei a vida pregressa da moça até o momento do espelho do banheiro.

Nascera inteiramente raquítica, herança do sertão – os maus antecedentes de que falei. Com dois anos de idade lhe haviam morrido os pais de febres ruins no sertão de Alagoas, lá onde o diabo perdera as botas. Muito depois fora para Maceió com a tia beata, única parenta sua no mundo. Uma outra vez se lembrava de coisa esquecida. Por exemplo a tia lhe dando cascudos no alto da cabeça porque o cocuruto de uma cabeça devia ser, imaginava a tia, um ponto vital. Dava-lhe sempre com os nós dos dedos na cabeça de ossos fracos por falta de cálcio. Batia mas não era somente porque ao bater gozava de grande prazer sensual – a tia que não se casara por nojo – é que também considerava de dever seu evitar que a menina viesse um dia a ser uma dessas moças que em Maceió ficavam nas ruas de cigarro aceso esperando homem. Embora a menina não tivesse dado mostras de no futuro vir a ser vagabunda de rua. Pois até mesmo o fato de vir a ser uma mulher não parecia pertencer à sua vocação. A mulherice só lhe nasceria tarde porque até no capim vagabundo há desejo de sol. As pancadas ela esquecia pois esperando-se um pouco a dor termina por passar. Mas o que doía mais era ser privada da sobremesa de todos os dias: goiabada com queijo, a única paixão na sua vida. Pois não era que esse castigo se tornara o predileto da tia sabida? A menina não perguntava por que era sempre castigada mas nem tudo se precisa saber e não saber fazia parte importante de sua vida.

Esse não-saber pode parecer ruim mas não é tanto porque ela sabia muita coisa assim como ninguém ensina cachorro a abanar o rabo e nem a pessoa a sentir fome; nasce-se e fica-se logo sabendo. Assim como ninguém lhe ensinaria um dia a morrer: na certa morreria um dia como se antes tivesse estudado de cor a representação do papel de estrela. Pois na hora da morte a pessoa se torna brilhante estrela de cinema, é o instante de glória de cada um e é quando como no canto coral se ouvem agudos sibilantes.

Quando era pequena tivera vontade intensa de criar um bicho. Mas a tia achava que ter um bicho era mais uma boca para comer. Então a menina inventou que só lhe cabia criar pulgas pois não merecia o amor de um cão. Do contato com a tia ficara-lhe a cabeça baixa. Mas a sua beatice não lhe pegara: morta a tia, ela nunca mais fora a uma igreja porque não sentia nada e as divindades lhe eram estranhas.

Pois que vida é assim: aperta-se o botão e a vida acende. Só que ela não sabia qual era o botão de acender. Nem se dava conta de que vivia numa sociedade técnica onde ela era um parafuso dispensável. Mas uma coisa descobriu inquieta: já não sabia mais ter tido pai e mãe, tinha esquecido o sabor. E, se pensava melhor, dir-se-ia que havia brotado da terra do sertão em cogumelo logo mofado. Ela falava, sim, mas era extremamente muda. Uma palavra dela eu às vezes consigo mas ela me foge por entre os dedos.

Apesar da morte da tia, tinha certeza de que com ela ia ser diferente, pois nunca ia morrer. (É paixão minha ser o outro. No caso a outra. Estremeço esquálido igual a ela.)

O definível está me cansando um pouco. Prefiro a verdade que há no prenúncio. Quando eu me livrar dessa história, voltarei ao domínio mais irresponsável de apenas ter leves prenúncios. Eu não inventei essa moça. Ela forçou dentro de mim a sua existência. Ela não era nem de longe débil mental, era à mercê e crente como uma idiota. A moça que pelo menos comida não mendigava, havia toda uma subclasse de gente mais perdida e com fome. Só eu a amo.

Depois – ignora-se por quê – tinham vindo para o Rio, o inacreditável Rio de Janeiro, a tia lhe arranjara emprego, finalmente morrera e ela, agora sozinha, morava numa vaga de quarto compartilhado com mais quatro moças balconistas das Lojas Americanas.

O quarto ficava num velho sobrado colonial da áspera rua do Acre entre as prostitutas que serviam a marinheiros, depósitos de carvão e de cimento em pó, não longe do cais do porto. O cais imundo dava-lhe saudade do futuro. (O que é que há? Pois estou como que ouvindo acordes de piano alegre – será isto o símbolo de que a vida da moça iria ter um futuro esplendoroso? Estou contente com essa possibilidade e farei tudo para que esta se torne real.)

Rua do Acre. Mas que lugar. Os gordos ratos da rua do Acre. Lá é que não piso pois tenho terror sem nenhuma vergonha do pardo pedaço de vida imunda.

Uma vez por outra tinha a sorte de ouvir de madrugada um galo cantar a vida e ela se lembrava nostálgica do sertão. Onde caberia um galo a cocoricar naquelas paragens ressequidas de artigos por atacado de exportação e importação? (Se o leitor possui alguma riqueza e vida bem acomodada, sairá de si para ver como é às vezes o outro. Se é pobre, não estará me lendo porque ler-me é supérfluo para quem tem uma leve fome permanente. Faço aqui o papel de vossa válvula de escape e da vida massacrante da média burguesia. Bem sei que é assustador sair de si mesmo, mas tudo o que é novo assusta. Embora a moça anônima da história seja tão antiga que podia ser uma figura bíblica. Ela era subterrânea e nunca tinha tido floração. Minto: ela era capim.)

Dos verões sufocantes da abafada rua do Acre ela só sentia o suor, um suor que cheirava mal. Esse suor me parece de má origem. Não sei se estava tuberculosa, acho que não. No escuro da noite um homem assobiando e passos pesados, o uivo do vira-lata abandonado. Enquanto isso – as constelações silenciosas e o espaço que é tempo que nada tem a ver com ela e conosco. Pois assim se passavam os dias. O cantar de galo na aurora sanguinolenta dava um sentido fresco à sua vida murcha. Havia de madrugada uma passarinhada buliçosa na rua do Acre: é que a vida brotava no chão, alegre por entre pedras.

Rua do Acre para morar, rua do Lavradio para trabalhar, cais do porto para ir espiar no domingo, um ou outro prolongado apito de navio cargueiro que não se sabe por que dava aperto no coração, um ou outro delicioso embora um pouco doloroso cantar de galo. Era do nunca que vinha o galo. Vinha do infinito até a sua cama, dando-lhe gratidão. Sono superficial porque estava há quase um ano resfriada. Tinha acesso de tosse seca de madrugada: abafava-a com o travesseiro ralo. Mas as companheiras de quarto – Maria da Penha, Maria Aparecida, Maria José e Maria apenas – não se incomodavam. Estavam cansadas demais pelo trabalho que nem por ser anônimo era menos árduo. Uma vendia pó de arroz Coty, mas que ideia. Elas viravam para o outro lado e readormeciam. A tosse da outra até que as embalava em sono mais profundo. O céu é para baixo ou para cima? Pensava a nordestina. Deitada, não sabia. Às vezes antes de dormir sentia fome e ficava meio alucinada pensando em coxa de vaca. O remédio então era mastigar papel bem mastigadinho e engolir.

É. Eu me acostumo mas não amanso. Por Deus! eu me dou melhor com os bichos do que com gente. Quando vejo o meu cavalo livre e solto no prado – tenho vontade de encostar meu rosto no seu vigoroso e aveludado pescoço e contar-lhe a minha vida. E quando acaricio a cabeça de meu cão – sei que ele não exige que eu faça sentido ou me explique.

Talvez a nordestina já tivesse chegado à conclusão de que vida incomoda bastante, alma que não cabe bem no corpo, mesmo alma rala como a sua. Imaginavazinha, toda supersticiosa, que se por acaso viesse alguma vez a sentir um gosto bem bom de viver – se desencantaria de súbito de princesa que era e se transformaria em bicho rasteiro. Porque, por pior que fosse sua situação, não queria ser privada de si, ela queria ser ela mesma. Achava que cairia em grave castigo e até risco de morrer se tivesse gosto. Então defendia-se da morte por intermédio de um viver de menos, gastando pouco de sua vida para esta não acabar. Essa economia lhe dava alguma segurança pois, quem cai, do chão não passa. Teria ela a sensação de que vivia para nada? Nem posso saber, mas acho que não. Só uma vez se fez uma trágica pergunta: quem sou eu? Assustou-se tanto que parou completamente de pensar. Mas eu, que não chego a ser ela, sinto que vivo para nada. Sou gratuito e pago as contas de luz, gás e telefone. Quanto a ela, até mesmo de vez em quando ao receber o salário comprava uma rosa.

Tudo isso acontece no ano este que passa e só acabarei esta história difícil quando eu ficar exausto da luta, não sou um desertor.

Às vezes lembrava-se de uma assustadora canção desafinada de meninas brincando de roda de mãos dadas – ela só ouvia sem participar porque a tia a queria para varrer o chão. As meninas de cabelos ondulados com laço de fita cor-de-rosa. "Quero uma de vossas filhas de marré-marré-deci." "Escolhei a qual quiser de marré." A música era um fantasma pálido como uma rosa que é louca de beleza mas mortal: pálida e mortal a moça era hoje o fantasma suave e terrificante de uma infância sem bola nem boneca. Então costumava fingir que corria pelos corredores de boneca na mão atrás de uma bola e rindo muito. A gargalhada era aterrorizadora porque acontecia no passado e só a imaginação maléfica a trazia para o presente, saudade do que poderia ter sido e não foi. (Eu bem avisei que era literatura de cordel, embora eu me recuse a ter qualquer piedade.)

Devo dizer que essa moça não tem consciência de mim, se tivesse teria para quem rezar e seria a salvação. Mas eu tenho plena consciência dela: através dessa jovem dou o meu grito de horror à vida. À vida que tanto amo.

Volto à moça: o luxo que se dava era tomar um gole frio de café antes de dormir. Pagava o luxo tendo azia ao acordar.

Ela era calada (por não ter o que dizer) mas gostava de ruídos. Eram vida. Enquanto o silêncio da noite assustava: parecia que estava prestes a dizer uma palavra fatal. Durante a noite na rua do Acre era raro passar um carro, quanto mais buzinassem, melhor para ela. Além desses medos, como se não bastassem, tinha medo grande de pegar doença ruim lá embaixo dela – isso, a tia lhe ensinara. Embora os seus pequenos óvulos tão murchos. Tão, tão. Mas vivia em tanta mesmice que de noite não se lembrava do que acontecera de manhã. Vagamente pensava de muito longe e sem palavras o seguinte: já que sou, o jeito é ser. Os galos de que falei avisavam mais um repetido dia de cansaço. Cantavam o cansaço. E as galinhas, que faziam elas? Indagava-se a moça. Os galos pelo menos cantavam. Por falar em galinha, a moça às vezes comia num botequim um ovo duro. Mas a tia lhe ensinara que comer ovo fazia mal para o fígado. Sendo assim, obedientemente adoecia, sentindo dores do lado esquerdo oposto ao fígado. Pois era muito impressionável e acreditava em tudo o que existia e no que não existia também. Mas não sabia enfeitar a realidade. Para ela a realidade era demais para ser acreditada. Aliás a palavra "realidade" não lhe dizia nada. Nem a mim, por Deus.

Quando dormia quase que sonhava que a tia lhe batia na cabeça. Ou sonhava estranhamente em sexo, ela que de aparência era assexuada. Quando acordava se sentia culpada sem saber por quê, talvez porque o que é bom devia ser proibido. Culpada e contente. Por via das dúvidas se sentia de propósito culpada e rezava mecanicamente três ave-marias, amém, amém, amém. Rezava mas sem Deus, ela não sabia quem era Ele e portanto Ele não existia.

Acabo de descobrir que para ela, fora Deus, também a realidade era muito pouco. Dava-se melhor com um irreal cotidiano, vivia em câmara leeeenta, lebre puuuuulando no aaaar sobre os oooooutеiros, o vago era o seu mundo terrestre, o vago era o de dentro da natureza.

E achava bom ficar triste. Não desesperada, pois isso nunca ficara já que era tão modesta e simples mas aquela coisa indefinível como se ela fosse romântica. Claro que era neurótica, não há sequer necessidade de dizer. Era uma neurose que a sustentava, meu Deus, pelo menos isso: muletas. Vez por outra ia para a Zona Sul e ficava olhando as vitrines faiscantes de joias e roupas acetinadas – só para se mortificar um pouco. É que ela sentia falta de encontrar-se consigo mesma e sofrer um pouco é um encontro.

Domingo ela acordava mais cedo para ficar mais tempo sem fazer nada.

O pior momento de sua vida era nesse dia ao fim da tarde: caía em meditação inquieta, o vazio do seco domingo. Suspirava. Tinha saudade de quando era pequena – farofa seca – e pensava que fora feliz. Na verdade por pior a infância é sempre encantada, que susto. Nunca se queixava de nada, sabia que as coisas são assim mesmo e – quem organizou a terra dos homens? Na certa mereceria um dia o céu dos oblíquos onde só entra quem é torto. Aliás não é entrar no céu, é oblíquo na terra mesmo. Juro que nada posso fazer por ela. Afianço-vos que se eu pudesse melhoraria as coisas. Eu bem sei que dizer que a datilógrafa tem o corpo cariado é um dizer de brutalidade pior que qualquer palavrão.

(Quanto a escrever, mais vale um cachorro vivo.)

Devo registrar aqui uma alegria. É que a moça num aflitivo domingo sem farofa teve uma inesperada felicidade que era inexplicável: no cais do porto viu um arco-íris. Experimentando o leve êxtase, ambicionou logo outro: queria ver, como uma vez em Maceió, espocarem mudos fogos de artifício. Ela quis mais porque é mesmo uma verdade que quando se dá a mão, essa gentinha quer todo o resto, o zé-povinho sonha com fome de tudo. E quer mas sem direito algum, pois não é? Não havia meio – pelo menos eu não posso – de obter os multiplicantes brilhos em chuva chuvisco dos fogos de artifício.

Devo dizer que ela era doida por soldado? Pois era. Quando via um, pensava com estremecimento de prazer: será que ele vai me matar?

Se a moça soubesse que minha alegria também vem de minha mais profunda tristeza e que tristeza era uma alegria falhada. Sim, ela era alegrezinha dentro de sua neurose. Neurose de guerra.

E tinha um luxo, além de uma vez por mês ir ao cinema: pintava de vermelho grosseiramente escarlate as unhas das mãos. Mas como as roía quase até o sabugo, o vermelho berrante era logo desgastado e via-se o sujo preto por baixo.

E quando acordava? Quando acordava não sabia mais quem era. Só depois é que pensava com satisfação: sou datilógrafa e virgem, e gosto de coca-cola. Só então vestia-se de si mesma, passava o resto do dia representando com obediência o papel de ser.

Será que eu enriqueceria este relato se usasse alguns difíceis termos técnicos? Mas aí que está: esta história não tem nenhuma técnica, nem de estilo, ela é ao deus-dará. Eu que também não mancharia por nada deste mundo com palavras brilhantes e falsas uma vida parca como a da datilógrafa. Durante o dia eu faço, como todos, gestos despercebidos por mim mesmo. Pois um dos gestos mais despercebido é esta história de que não tenho culpa e que sai como sair. A datilógrafa vivia numa espécie de atordoado nimbo, entre céu e inferno. Nunca pensara em "eu sou eu". Acho que julgava não ter direito, ela era um acaso. Um feto jogado na lata de lixo embrulhado em um jornal. Há milhares como ela? Sim, e que são apenas um acaso. Pensando bem: quem não é um acaso na vida? Quanto a mim, só me livro de ser apenas um acaso porque escrevo, o que é um ato que é um fato. É quando entro em contato com forças interiores minhas, encontro através de mim o vosso Deus. Para que escrevo? E eu sei? Sei não. Sim, é verdade, às vezes também penso que eu não sou eu, pareço pertencer a uma galáxia longínqua de tão estranho que sou de mim. Sou eu? Espanto-me com o meu encontro.

A nordestina não acreditava na morte, como eu já disse, pensava que não – pois não é que estava viva? Esquecera os nomes da mãe e do pai, nunca mencionados pela tia. (Com excesso de desenvoltura estou usando a palavra escrita e isso estremece em mim que fico com medo de me afastar da Ordem e cair no abismo povoado de gritos: o Inferno da liberdade. Mas continuarei.)

Continuando:

Todas as madrugadas ligava o rádio emprestado por uma colega de moradia, Maria da Penha, ligava bem baixinho para não acordar as outras, ligava invariavelmente para a Rádio Relógio, que dava "hora certa e cultura", e nenhuma música, só pingava em som de gotas que caem – cada gota de minuto que passava. E sobretudo esse canal de rádio aproveitava intervalos entre as tais gotas de minuto para dar anúncios comerciais – ela adorava anúncios. Era rádio perfeita pois também entre os pingos do tempo dava curtos ensinamentos dos quais talvez algum dia viesse precisar saber. Foi assim que aprendeu que o Imperador Carlos Magno era na terra dele chamado Carolus. Verdade que nunca achara modo de aplicar essa informação. Mas nunca se sabe, quem espera sempre alcança. Ouvira também a informação de que o único animal que não cruza com filho era o cavalo.

– Isso, moço, é indecência, disse ela para o rádio.

Outra vez ouvira: "Arrepende-te em Cristo e Ele te dará felicidade." Então ela se arrependera. Como não sabia bem de quê, arrependia-se toda e de tudo. O pastor também falava que a vingança é coisa infernal. Então ela não se vingava.

Sim, quem espera sempre alcança. É?

Tinha o que se chama de vida interior e não sabia que tinha. Vivia de si mesma como se comesse as próprias entranhas. Quando ia ao trabalho parecia uma doida mansa porque ao correr do ônibus devaneava em altos e deslumbrantes sonhos. Estes sonhos, de tanta interioridade, eram vazios porque lhes faltava o núcleo essencial de uma prévia experiência de – de êxtase, digamos. A maior parte do tempo tinha sem o saber o vazio que enche a alma dos santos. Ela era santa? Ao que parece. Não sabia que meditava pois não sabia o que queria dizer a palavra. Mas parece-me que sua vida era uma longa meditação sobre o nada. Só que precisava dos outros para crer em si mesma, senão se perderia nos sucessivos e redondos vácuos que havia nela. Meditava enquanto batia à máquina e por isso errava ainda mais.

Mas tinha prazeres. Nas frígidas noites, ela, toda estremecente sob o lençol de brim, costumava ler à luz de vela os anúncios que recortava dos jornais velhos do escritório. É que fazia coleção de anúncios. Colava-os no álbum. Havia um anúncio, o mais precioso, que mostrava em cores o pote aberto de um creme para pele de mulheres que simplesmente não eram ela. Executando o fatal cacoete que pegara de piscar os olhos, ficava só imaginando com delícia: o creme era tão apetitoso que se tivesse dinheiro para comprá-lo não seria boba. Que pele, que nada, ela o comeria, isso sim, às colheradas no pote mesmo. É que lhe faltava gordura e seu organismo estava seco que nem saco meio vazio de torrada esfarelada. Tornara-se com o tempo apenas matéria vivente em sua forma primária. Talvez fosse assim para se defender da grande tentação de ser infeliz de uma vez e ter pena de si. (Quando penso que eu podia ter nascido ela – e por que não? – estremeço. E parece-me covarde fuga de eu não ser, sinto culpa como disse num dos títulos.)

Em todo caso o futuro parecia vir a ser muito melhor. Pelo menos o futuro tinha a vantagem de não ser o presente, sempre há um melhor para o ruim. Mas não havia nela miséria humana. É que tinha em si mesma uma certa flor fresca. Pois, por estranho que pareça, ela acreditava. Era apenas fina matéria orgânica. Existia. Só isto. E eu? De mim só se sabe que respiro.

Embora só tivesse nela a pequena flama indispensável: um sopro de vida. (Estou passando por um pequeno inferno com esta história. Queiram os deuses que eu nunca descreva o lázaro porque senão eu me cobriria de lepra.) (Se estou demorando um pouco em fazer acontecer o que já prevejo vagamente, é porque preciso tirar vários retratos dessa alagoana. E também porque se houver algum leitor para essa história quero que ele se embeba da jovem assim como um pano de chão todo encharcado. A moça é uma verdade da qual eu não queria saber. Não sei a quem acusar mas deve haver um réu.)

Será que entrando na semente de sua vida estarei como que violando o segredo dos faraós? Terei castigo de morte por falar de uma vida que contém como todas as nossas vidas um segredo inviolável? Estou procurando danadamente achar nessa existência pelo menos um topázio de esplendor. Até o fim talvez o deslumbre, ainda não sei, mas tenho esperança.

Esqueci de dizer que às vezes a datilógrafa tinha enjoo para comer. Isso vinha desde pequena quando soubera que havia comido gato frito. Assustou-se para sempre. Perdeu o apetite, só tinha a grande fome. Parecia-lhe que havia cometido um crime e que comera um anjo frito, as asas estalando entre os dentes. Ela acreditava em anjo e, porque acreditava, eles existiam.

Nunca havia jantado ou almoçado num restaurante. Era de pé mesmo no botequim da esquina. Tinha uma vaga ideia que mulher que entra em restaurante é francesa e desfrutável.

Havia coisas que não sabia o que significavam. Uma era "efeméride". E não é que Seu Raimundo só mandava copiar com sua letra linda a palavra efemérides ou efeméricas? Achava o termo efemírides absolutamente misterioso. Quando o copiava prestava atenção a cada letra. Glória era estenógrafa e não só ganhava mais como não parecia se atrapalhar com as palavras difíceis das quais o chefe tanto gostava. Enquanto isso a mocinha se apaixonara pela palavra efemérides.

Outro retrato: nunca recebera presentes. Aliás não precisava de muita coisa. Mas um dia viu algo que por um leve instante cobiçou: um livro que Seu Raimundo, dado a literatura, deixara sobre a mesa. O título era *Humilhados e ofendidos*. Ficou pensativa. Talvez tivesse pela primeira vez se definido numa classe social. Pensou, pensou e pensou! Chegou à conclusão que na verdade ninguém jamais a ofendera, tudo que acontecia era porque as coisas são assim mesmo e não havia luta possível, para que lutar?

Pergunto eu: conheceria ela algum dia do amor o seu adeus? Conheceria algum dia do amor os seus desmaios? Teria a seu modo o doce voo? De nada sei. Que se há de fazer com a verdade de que todo mundo é um pouco triste e um pouco só. A nordestina se perdia na multidão. Na praça Mauá onde tomava o ônibus fazia frio e nenhum agasalho havia contra o vento. Ah mas existiam os navios cargueiros que lhe davam saudades quem sabe de quê. Isso só às vezes. Na verdade saía do escritório sombrio, defrontava o ar lá de fora, crepuscular, e constatava então que todos os dias à mesma hora fazia exatamente a mesma hora. Irremediável era o grande relógio que funcionava no tempo. Sim, desesperadamente para mim, as mesmas horas. Bem, e daí? Daí, nada. Quanto a mim, autor de uma vida, me dou mal com a repetição: a rotina me afasta de minhas possíveis novidades.

Por falar em novidades, a moça um dia viu num botequim um homem tão, tão, tão bonito que – que queria tê-lo em casa. Deveria ser como – como ter uma grande esmeralda-esmeralda-esmeralda num estojo aberto. Intocável. Pela aliança viu que ele era casado. Como casar com-com-com um ser que era para-para-para ser visto, gaguejava ela no seu pensamento. Morreria de vergonha de comer na frente dele porque ele era bonito além do possível equilíbrio de uma pessoa.

Pois não é que quis descansar as costas por um dia? Sabia que se falasse isso ao chefe ele não acreditaria que lhe doíam as costelas. Então valeu-se de uma mentira que convence mais que a verdade: disse ao chefe que no dia seguinte não poderia trabalhar porque arrancar um dente era muito perigoso. E a mentira pegou. Às vezes só a mentira salva. Então, no dia seguinte, quando as quatro Marias cansadas foram trabalhar, ela teve pela primeira vez na vida uma coisa a mais preciosa: a solidão. Tinha um quarto só para ela. Mal acreditava que usufruía o espaço. E nem uma palavra era ouvida. Então dançou num ato de absoluta coragem, pois a tia não a entenderia. Dançava e rodopiava porque ao estar sozinha se tornava: l-i-v-r-e! Usufruía de tudo, da arduamente conseguida solidão, do rádio de pilha tocando o mais alto possível, da vastidão do quarto sem as Marias. Arrumou, como pedido de favor, um pouco de café solúvel com a dona dos quartos, e, ainda como favor, pediu-lhe água fervendo, tomou tudo se lambendo e diante do espelho para nada perder de si mesma. Encontrar-se consigo própria era um bem que ela até então não conhecia. Acho que nunca fui tão contente na vida, pensou. Não devia nada a ninguém e ninguém lhe devia nada. Até deu-se ao luxo de ter tédio – um tédio até muito distinto.

Desconfio um pouco de sua facilidade inesperada de pedir favor. Então precisava ela de condições especiais para ter encanto? Por que não agia sempre assim na vida? E até ver-se no espelho não foi tão assustador: estava contente mas como doía.

– Ah mês de maio, não me largues nunca mais! (Explosão), foi a sua íntima exclamação no dia seguinte, 7 de maio, ela que nunca exclamava.

Provavelmente porque alguma coisa finalmente lhe era dada. Dada por si mesma, mas dada.

Nesta manhã de dia 7, o êxtase inesperado para o seu tamanho pequeno corpo. A luz aberta e rebrilhante das ruas atravessava a sua opacidade. Maio, mês dos véus de noiva flutuando em branco.

O que se segue é apenas uma tentativa de reproduzir três páginas que escrevi e que a minha cozinheira, vendo-as soltas, jogou no lixo para o meu desespero – que os mortos me ajudem a suportar o quase insuportável, já que de nada me valem os vivos. Nem de longe consegui igualar a tentativa de repetição artificial do que originalmente eu escrevi sobre o encontro com o seu futuro namorado. É com humildade que contarei agora a história da história. Portanto se me perguntarem como foi direi: não sei, perdi o encontro.

Maio, mês das borboletas noivas flutuando em brancos véus. Sua exclamação talvez tivesse sido um prenúncio do que ia acontecer no final da tarde desse mesmo dia: no meio da chuva abundante encontrou (explosão) a primeira espécie de namorado de sua vida, o coração batendo como se ela tivesse englutido um passarinho esvoaçante e preso. O rapaz e ela se olharam por entre a chuva e se reconheceram como dois nordestinos, bichos da mesma espécie que se farejam. Ele a olhara enxugando o rosto molhado com as mãos. E a moça, bastou-lhe vê-lo para torná-lo imediatamente sua goiabada com queijo.

Ele...

Ele se aproximou e, com voz cantante de nordestino que a emocionou, perguntou-lhe:

– E se me desculpe, senhorinha, posso convidar a passear?

– Sim, respondeu atabalhoadamente com pressa antes que ele mudasse de ideia.

– E, se me permite, qual é mesmo a sua graça?

– Macabéa.

– Maca, o quê?

– Béa, foi ela obrigada a completar.

– Me desculpe mas até parece doença, doença de pele.

– Eu também acho esquisito mas minha mãe botou ele por promessa a Nossa Senhora da Boa Morte se eu vingasse, até um ano de idade eu não era chamada porque não tinha nome, eu preferia continuar a nunca ser chamada em vez de ter um nome que ninguém tem mas parece que deu certo. – Parou um instante retomando o fôlego perdido e acrescentou desanimada e com pudor: – Pois como o senhor vê eu vinguei... pois é...

– Também no sertão da Paraíba promessa é questão de grande dívida de honra.

Eles não sabiam como se passeia. Andaram sob a chuva grossa e pararam diante da vitrine de uma loja de ferragem onde estavam expostos atrás do vidro canos, latas, parafusos grandes e pregos. E Macabéa, com medo de que o silêncio já significasse uma ruptura, disse ao recém-namorado:

– Eu gosto tanto de parafuso e prego, e o senhor?

Da segunda vez em que se encontraram caía uma chuva fininha que ensopava os ossos. Sem nem ao menos se darem as mãos caminhavam na chuva que na cara de Macabéa parecia lágrimas escorrendo.

Da terceira vez em que se encontraram – pois não é que estava chovendo? – o rapaz, irritado e perdendo o leve verniz de finura que o padrasto a custo lhe ensinara, disse-lhe:

– Você também só sabe é mesmo chover!

– Desculpe.

Mas ela já o amava tanto que não sabia mais como se livrar dele, estava em desespero de amor.

Numa das vezes em que se encontraram ela afinal perguntou-lhe o nome.

– Olímpico de Jesus Moreira Chaves, mentiu ele porque tinha como sobrenome apenas o de Jesus, sobrenome dos que não têm pai. Fora criado por um padrasto que lhe ensinara o modo fino de tratar pessoas para se aproveitar delas e lhe ensinara como pegar mulher.

– Eu não entendo o seu nome, disse ela. Olímpico?

Macabéa fingia enorme curiosidade escondendo dele que ela nunca entendia tudo muito bem e que isso era assim mesmo. Mas ele, galinho de briga que era, arrepiou-se todo com a pergunta tola e que ele não sabia responder. Disse aborrecido:

– Eu sei mas não quero dizer!

– Não faz mal, não faz mal, não faz mal... a gente não precisa entender o nome.

Ela sabia o que era o desejo – embora não soubesse que sabia. Era assim: ficava faminta mas não de comida, era um gosto meio doloroso que subia do baixo-ventre e arrepiava o bico dos seios e os braços vazios sem abraço. Tornava-se toda dramática e viver doía. Ficava então meio nervosa e Glória lhe dava água com açúcar.

Olímpico de Jesus trabalhava de operário numa metalúrgica e ela nem notou que ele não se chamava de "operário" e sim de "metalúrgico". Macabéa ficava contente com a posição social dele porque também tinha orgulho de ser datilógrafa, embora ganhasse menos que o salário mínimo. Mas ela e Olímpico eram alguém no mundo. "Metalúrgico e datilógrafa" formavam um casal de classe. A tarefa de Olímpico tinha o gosto que se sente quando se fuma um cigarro acendendo-o do lado errado, na ponta da cortiça. O trabalho consistia em pegar barras de metal que vinham deslizando de cima da máquina para colocá-las embaixo, sobre uma placa deslizante. Nunca se perguntara por que colocava a barra embaixo. A vida não lhe era má e ele até economizava um pouco de dinheiro: dormia de graça numa guarita em obras de demolição por camaradagem do vigia.

Macabéa disse:

– As boas maneiras são a melhor herança.

– Pois para mim a melhor herança é mesmo muito dinheiro. Mas um dia vou ser muito rico, disse ele que tinha uma grandeza demoníaca: sua força sangrava.

Uma coisa que tinha vontade de ser era toureiro. Uma vez fora ao cinema e estremecera da cabeça aos pés quando vira a capa vermelha. Não tinha pena do touro. Gostava era de ver sangue.

No Nordeste tinha juntado salários e salários para arrancar um canino perfeito e trocá-lo por um dente de ouro faiscante. Este dente lhe dava posição na vida. Aliás, matar tinha feito dele homem com letra maiúscula. Olímpico não tinha vergonha, era o que se chamava no Nordeste de "cabra safado". Mas não sabia que era um artista: nas horas de folga esculpia figuras de santo e eram tão bonitas que ele não as vendia. Todos os detalhes ele punha e, sem faltar ao respeito, esculpia tudo do Menino Jesus. Ele achava que o que é, é mesmo, e Cristo tinha sido além de santo um homem como ele, embora sem dente de ouro.

Os negócios públicos interessavam Olímpico. Ele adorava ouvir discursos. Que tinha seus pensamentos, isso lá tinha. Acocorava-se com o cigarro barato nas mãos e pensava. Como na Paraíba ele se acocorava no chão, o traseiro sentado no zero, a meditar. Ele dizia alto e sozinho:

– Sou muito inteligente, ainda vou ser deputado.

E não é que ele dava para fazer discurso? Tinha o tom cantado e o palavreado seboso, próprio para quem abre a boca e fala pedindo e ordenando os direitos do homem. No futuro, que eu não digo nesta história, não é que ele terminou mesmo deputado? E obrigando os outros a chamarem-no de doutor.

Macabéa era na verdade uma figura medieval enquanto Olímpico de Jesus se julgava peça-chave, dessas que abrem qualquer porta. Macabéa simplesmente não era técnica, ela era só ela. Não, não quero ter sentimentalismo e portanto vou cortar o coitado implícito dessa moça. Mas tenho que anotar que Macabéa nunca recebera uma carta em sua vida e o telefone do escritório só chamava o chefe e Glória. Ela uma vez pediu a Olímpico que lhe telefonasse. Ele disse:

– Telefonar para ouvir as tuas bobagens?

Quando Olímpico lhe dissera que terminaria deputado pelo Estado da Paraíba, ela ficou boquiaberta e pensou: quando nos casarmos então serei uma deputada? Não queria, pois deputada parecia nome feio. (Como eu disse, essa não é uma história de pensamentos. Depois provavelmente voltarei para as inominadas sensações, até sensações de Deus. Mas a história de Macabéa tem que sair senão eu estouro.)

As poucas conversas entre os namorados versavam sobre farinha, carne de sol, carne-seca, rapadura, melado. Pois esse era o passado de ambos e eles esqueciam o amargor da infância porque esta, já que passou, é sempre acre-doce e dá até nostalgia. Pareciam por demais irmãos, coisa que – só agora estou percebendo – não dá para casar. Mas eu não sei se eles sabiam disso. Casariam ou não? Ainda não sei, só sei que eram de algum modo inocentes e pouca sombra faziam no chão.

Não, menti, agora vi tudo: ele não era inocente coisa alguma, apesar de ser uma vítima geral do mundo. Tinha, descobri agora, dentro de si a dura semente do mal, gostava de se vingar, este era o seu grande prazer e o que lhe dava força de vida. Mais vida do que ela que não tinha anjo de guarda.

Enfim o que fosse acontecer, aconteceria. E por enquanto nada acontecia, os dois não sabiam inventar acontecimentos. Sentavam-se no que é de graça: banco de praça pública. E ali acomodados, nada os distinguia do resto do nada. Para a grande glória de Deus.

Ele: – Pois é.

Ela: – Pois é o quê?

Ele: – Eu só disse pois é!

Ela: – Mas "pois é" o quê?

Ele: – Melhor mudar de conversa porque você não me entende.

Ela: – Entender o quê?

Ele: – Santa Virgem, Macabéa, vamos mudar de assunto e já!

Ela: – Falar então de quê?

Ele: – Por exemplo, de você.

Ela: – Eu?!

Ele: – Por que esse espanto? Você não é gente? Gente fala de gente.

Ela: – Desculpe mas não acho que sou muito gente.

Ele: – Mas todo mundo é gente, Meu Deus!

Ela: – É que não me habituei.

Ele: – Não se habituou com quê?

Ela: – Ah, não sei explicar.

Ele: – E então?

Ela: – Então o quê?

Ele: – Olhe, eu vou embora porque você é impossível!

Ela: – É que só sei ser impossível, não sei mais nada. Que é que eu faço para conseguir ser possível?

Ele: – Pare de falar porque você só diz besteira! Diga o que é do teu agrado.

Ela: – Acho que não sei dizer.

Ele: – Não sabe o quê?

Ela: – Hein?

Ele: – Olhe, até estou suspirando de agonia. Vamos não falar em nada, está bem?

Ela: – Sim, está bem, como você quiser.

Ele: – É, você não tem solução. Quanto a mim, de tanto me chamarem, eu virei eu. No sertão da Paraíba não há quem não saiba quem é Olímpico. E um dia o mundo todo vai saber de mim.

– É?

– Pois se eu estou dizendo! Você não acredita?

– Acredito sim, acredito, acredito, não quero lhe ofender.

Em pequena ela vira uma casa pintada de rosa e branco com um quintal onde havia um poço com cacimba e tudo. Era bom olhar para dentro. Então seu ideal se transformara nisso: em vir a ter um poço só para ela. Mas não sabia como fazer e então perguntou a Olímpico:

– Você sabe se a gente pode comprar um buraco?

– Olhe, você não reparou até agora, não desconfiou que tudo que você pergunta não tem resposta?

Ela ficou de cabeça inclinada para o ombro assim como uma pomba fica triste.

Quando ele falava em ficar rico, uma vez ela lhe disse:

– Não será somente visão?

– Vá para o inferno, você só sabe desconfiar. Eu só não digo palavrões grossos porque você é moça-donzela.

– Cuidado com suas preocupações, dizem que dá ferida no estômago.

– Preocupações coisa nenhuma, pois eu sei no certo que vou vencer. Bem, e você tem preocupações?

– Não, não tenho nenhuma. Acho que não preciso vencer na vida.

Foi a única vez em que falou de si própria para Olímpico de Jesus. Estava habituada a se esquecer de si mesma. Nunca quebrava seus hábitos, tinha medo de inventar.

– Você sabia que na Rádio Relógio disseram que um homem escreveu um livro chamado *Alice no País das Maravilhas* e que era também um matemático? Falaram também em "élgebra". O que é que quer dizer "élgebra"?

– Saber disso é coisa de fresco, de homem que vira mulher. Desculpe a palavra de eu ter dito fresco porque isso é palavrão para moça direita.

– Nessa rádio eles dizem essa coisa de "cultura" e palavras difíceis, por exemplo: o que quer dizer "eletrônico"?

Silêncio.

– Eu sei mas não quero dizer.

– Eu gosto tanto de ouvir os pingos de minutos do tempo assim: tic-tac-tic-tac-tic-tac. A Rádio Relógio diz que dá a hora certa, cultura e anúncios. Que quer dizer cultura?

– Cultura é cultura, continuou ele emburrado. Você também vive me encostando na parede.

– É que muita coisa eu não entendo bem. O que quer dizer "renda per capita"?

– Ora, é fácil, é coisa de médico.

– O que quer dizer rua Conde de Bonfim? O que é conde? É príncipe?

– Conde é conde, ora essa. Eu não preciso de hora certa porque tenho relógio.

Não contou que o roubara no mictório da fábrica: o colega o tinha deixado na pia quando lavara as mãos. Ninguém soube, ele era um verdadeiro técnico em roubar: não usava o relógio de pulso no trabalho.

– Sabe o que mais eu aprendi? Eles disseram que se devia ter alegria de viver. Então eu tenho. Eu também ouvi uma música linda, eu até chorei.

– Era samba?

– Acho que era. E cantada por um homem chamado Caruso que se diz que já morreu. A voz era tão macia que até doía ouvir. A música chamava-se "Una Furtiva Lacrima". Não sei por que eles não disseram lágrima.

"Una Furtiva Lacrima" fora a única coisa belíssima na sua vida. Enxugando as próprias lágrimas tentou cantar o que ouvira. Mas a sua voz era crua e tão desafinada como ela mesma era. Quando ouviu começara a chorar. Era a primeira vez que chorava, não sabia que tinha tanta água nos olhos. Chorava, assoava o nariz sem saber mais por que chorava. Não chorava por causa da vida que levava: porque, não tendo conhecido outros modos de viver, aceitara que com ela era "assim". Mas também creio que chorava porque, através da música, adivinhava talvez que havia outros modos de sentir, havia existências mais delicadas e até com um certo luxo de alma. Muitas coisas sabia que não sabia entender. "Aristocracia" significaria por acaso uma graça concedida? Provavelmente. Se é assim, que assim seja. O mergulho na vastidão do mundo musical que não carecia de se entender. Seu coração disparara. E junto de Olímpico ficou de repente corajosa e arrojando-se no desconhecido de si mesma disse:

– Eu acho que até sei cantar essa música. Lá-lá-lá-lá-lá.

– Você até parece uma muda cantando. Voz de cana rachada.

– Deve ser porque é a primeira vez que canto na vida.

Ela achava que "lacrima" em vez de lágrima era erro do homem do rádio. Nunca lhe ocorrera a existência de outra língua e pensava que no Brasil se falava brasileiro. Além dos cargueiros do mar nos domingos, só tinha essa música. O substrato último da música era a sua única vibração.

E o namoro continuava ralo. Ele:

– Depois que minha santa mãe morreu, nada mais me prendia na Paraíba.

– De que é que ela morreu?

– De nada. Acabou-se a saúde dela.

Ele falava coisas grandes mas ela prestava atenção nas coisas insignificantes como ela própria. Assim registrou um portão enferrujado, retorcido, rangente e descascado que abria o caminho para uma série de casinhas iguais de vila. Vira isso do ônibus. A vila além do número 106 tinha uma plaqueta onde estava escrito o nome das casas. Chamava-se "Nascer do Sol". Bonito o nome que também augurava coisas boas.

Ela achava Olímpico muito sabedor das coisas. Ele dizia o que ela nunca tinha ouvido. Uma vez ele falou assim:

– A cara é mais importante do que o corpo porque a cara mostra o que a pessoa está sentindo. Você tem cara de quem comeu e não gostou, não aprecio cara triste, vê se muda – e disse uma palavra difícil – vê se muda de "expressão".

Ela disse consternada:

– Não sei como se faz outra cara. Mas é só na cara que sou triste porque por dentro eu sou até alegre. É tão bom viver, não é?

– Claro! Mas viver bem é coisa de privilegiado. Eu sou um e você me vê magro e pequeno mas sou forte, eu com um braço posso levantar você do chão. Quer ver?

– Não, não, os outros olham e vão maldar!

– Magricela esquisita ninguém olha.

E lá foram para a esquina. Macabéa estava muito feliz. Realmente ele a levantou para o ar, acima da própria cabeça. Ela disse eufórica:

– Deve ser assim viajar de avião.

É. Mas de repente ele não aguentou o peso num só braço e ela caiu de cara na lama, o nariz sangrando. Mas era delicada e foi logo dizendo:

– Não se incomode, foi uma queda pequena.

Como não tinha lenço para limpar a lama e o sangue, enxugou o rosto com a saia, dizendo:

– Você não olhe enquanto eu estiver me limpando, por favor, porque é proibido levantar a saia.

Mas ele emburrara de vez e não disse mais nenhuma palavra. Passou vários dias sem procurá-la: seu brio fora atingido.

Afinal terminou por voltar para ela. Por motivos diferentes entraram num açougue. Para ela o cheiro da carne crua era um perfume que a levitava toda como se tivesse comido. Quanto a ele, o que queria ver era o açougueiro e sua faca amolada. Tinha inveja do açougueiro e também queria ser. Meter a faca na carne o excitava. Ambos saíram do açougue satisfeitos. Embora ela se perguntasse: que gosto terá esta carne? E ele se perguntava: como é que uma pessoa consegue ser açougueiro? Qual era o segredo? (O pai de Glória trabalhava num açougue belíssimo.) Ela disse:

– Eu vou ter tanta saudade de mim quando morrer.

– Besteira, morre-se e morre-se de uma vez.

– Não foi o que minha tia me ensinou.

– Que tua tia se dane.

– Sabe o que eu mais queria na vida? Pois era ser artista de cinema. Só vou ao cinema no dia em que o chefe me paga. Eu escolho cinema poeira, sai mais barato. Adoro as artistas. Sabe que Marylin era toda cor-de-rosa?

– E você tem cor de suja. Nem tem rosto nem corpo para ser artista de cinema.

– Você acha mesmo?

– Tá na cara.

– Não gosto de ver sangue no cinema. Olhe, sangue eu não posso mesmo ver porque me dá vontade de vomitar.

– Vomitar ou chorar?

– Até hoje com a graça de Deus nunca vomitei.

– É, dessa vaca não sai leite.

Pensar era tão difícil, ela não sabia de que jeito se pensava. Mas Olímpico não só pensava como usava palavreado fino. Nunca esqueceria que no primeiro encontro ele a chamara de "senhorinha", ele fizera dela um alguém. Como era um alguém, até comprou um batom cor-de-rosa. O seu diálogo era sempre oco. Dava-se conta longinquamente de que nunca dissera uma palavra verdadeira. E "amor" ela não chamava de amor, chamava de não sei o quê.

– Olhe, Macabéa...

– Olhe o quê?

– Não, meu Deus, não é "olhe" de ver, é "olhe" como quando se quer que uma pessoa escute! Está me escutando?

– Tudinho, tudinho!

– Tudinho o quê, meu Deus, pois se eu ainda não falei! Pois olhe vou lhe pagar um cafezinho no botequim. Quer?

– Pode ser pingado com leite?

– Pode, é o mesmo preço, se for mais, o resto você paga.

Macabéa não dava nenhuma despesa a Olímpico. Só dessa vez quando lhe pagou um cafezinho pingado que ela encheu de açúcar quase a ponto de vomitar mas controlou-se para não fazer vergonha. O açúcar ela botou muito para aproveitar.

E uma vez os dois foram ao Jardim Zoológico, ela pagando a própria entrada. Teve muito espanto ao ver os bichos. Tinha medo e não os entendia: por que viviam? Mas quando viu a massa compacta, grossa, preta e roliça do rinoceronte que se movia em câmara lenta, teve tanto medo que se mijou toda. O rinoceronte lhe pareceu um erro de Deus, que me perdoe por favor, sim? Mas não pensara em Deus nenhum, era apenas um modo de. Com a graça de alguma divindade Olímpico nada percebeu e ela disse a ele:

– Estou molhada porque me sentei no banco molhado.

E ele nada percebeu. Ela rezou automaticamente em agradecimento. Não era agradecimento a Deus, só estava repetindo o que aprendera na infância.

– A girafa é tão elegante, não é?

– Besteira, bicho não é elegante.

Ela teve inveja da girafa que pairava tão longe no ar. Tendo visto que seus comentários sobre bichos não agradavam Olímpico, procurou outro assunto:

– Na Rádio Relógio disseram uma palavra que achei meio esquisita: mimetismo.

Olímpico olhou-a desconfiado:

– Isso é lá coisa para moça virgem falar? E para que serve saber demais? O Mangue está cheio de raparigas que fizeram perguntas demais.

– Mangue é um bairro?

– É lugar ruim, só pra homem ir. Você não vai entender mas eu vou lhe dizer uma coisa: ainda se encontra mulher barata. Você me custou pouco, um cafezinho. Não vou gastar mais nada com você, está bem?

Ela pensou: eu não mereço que ele me pague nada porque me mijei.

Depois da chuva do Jardim Zoológico, Olímpico não foi mais o mesmo: desembestara. E sem notar que ele próprio era de poucas palavras como convém a um homem sério, disse-lhe:

– Mas puxa vida! Você não abre o bico e nem tem assunto!

Então aflita ela lhe disse:

– Olhe, o Imperador Carlos Magno era chamado na terra dele de Carolus! E você sabia que a mosca voa tão depressa que se voasse em linha reta ela ia passar pelo mundo todo em 28 dias?

– Isso é mentira!

– Não é não, juro pela minha alma pura que aprendi isso na Rádio Relógio!

– Pois não acredito.

– Quero cair morta neste instante se estou mentindo. Quero que meu pai e minha mãe fiquem no inferno, se estou enganando você.

– Vai ver que cai mesmo morta. Escuta aqui: você está fingindo que é idiota ou é idiota mesmo?

– Não sei bem o que sou, me acho um pouco... de quê? ... Quer dizer não sei bem quem eu sou.

– Mas você sabe que se chama Macabéa, pelo menos isso?

– É verdade. Mas não sei o que está dentro do meu nome. Só sei que eu nunca fui importante...

– Pois fique sabendo que meu nome ainda será escrito nos jornais e sabido por todo o mundo.

Ela disse para Olímpico:

– Sabe que na minha rua tem um galo que canta?

– Por que é que você mente tanto?

– Juro, quero ver minha mãe cair morta se não é verdade!

– Mas sua mãe já não morreu?

– Ah, é mesmo... que coisa...

(Mas e eu? E eu que estou contando esta história que nunca me aconteceu e nem a ninguém que eu conheça? Fico abismado por saber tanto a verdade. Será que o meu ofício doloroso é o de adivinhar na carne a verdade que ninguém quer enxergar? Se sei quase tudo de Macabéa é que já peguei uma vez de relance o olhar de uma nordestina amarelada. Esse relance me deu ela de corpo inteiro. Quanto ao paraibano, na certa devo ter-lhe fotografado mentalmente a cara – e quando se presta atenção espontânea e virgem de imposições, quando se presta atenção a cara diz quase tudo.)

E agora apago-me de novo e volto para essas duas pessoas que por força das circunstâncias eram seres meio abstratos.

Mas ainda não expliquei bem Olímpico. Vinha do sertão da Paraíba e tinha uma resistência que provinha da paixão por sua terra braba e rachada pela seca. Trouxera consigo, comprada no mercado da Paraíba, uma lata de vaselina perfumada e um pente, como posse sua e exclusiva. Besuntava o cabelo preto até encharcá-lo. Não desconfiava que as cariocas tinham nojo daquela meladeira gordurosa. Nascera crestado e duro que nem galho seco de árvore ou pedra ao sol. Era mais passível de salvação que Macabéa pois não fora à toa que matara um homem, desafeto seu, nos cafundós do sertão, o canivete comprido entrando mole-mole no fígado macio do sertanejo. Guardava disso segredo absoluto, o que lhe dava a força que um segredo dá. Olímpico era macho de briga. Mas fraquejava em relação a enterros: às vezes ia três vezes por semana a enterro de desconhecidos, cujos anúncios saíam nos jornais e sobretudo no *O Dia*: e seus olhos ficavam cheios de lágrimas. Era uma fraqueza, mas quem não tem a sua. Semana em que não havia enterro, era semana vazia desse homem que, se era doido, sabia muito bem o que queria. De modo que não era doido coisa alguma. Macabéa, ao contrário de Olímpico, era fruto do cruzamento de "o quê" com "o quê". Na verdade ela parecia ter nascido de uma ideia vaga qualquer dos pais famintos. Olímpico pelo menos roubava sempre que podia e até do vigia das obras onde era sua dormida. Ter matado e roubar faziam com que ele não fosse um simples acontecido qualquer, davam-lhe uma categoria, faziam dele um homem com honra já lavada. Ele também se salvava mais do que Macabéa porque tinha grande talento para desenhar rapidamente perfeitas caricaturas ridículas dos retratos de poderosos nos jornais. Era a sua vingança. Sua única bondade com Macabéa foi dizer-lhe que arranjaria para ela emprego na metalúrgica quando fosse despedida. Para ela a promessa fora um escândalo de alegria (explosão) porque na metalúrgica encontraria a sua única conexão atual com o mundo: o próprio Olímpico. Mas Macabéa de um modo geral não se preocupava com o próprio futuro: ter futuro era luxo. Ouvira na Rádio Relógio que havia sete bilhões de pessoas no mundo. Ela se sentia perdida. Mas com a tendência que tinha para ser feliz logo se consolou: havia sete bilhões de pessoas para ajudá-la.

Macabéa gostava de filme de terror ou de musicais. Tinha predileção por mulher enforcada ou que levava um tiro no coração. Não sabia que ela própria era uma suicida embora nunca lhe tivesse ocorrido se matar. É que a vida lhe era tão insossa que nem pão velho sem manteiga. Enquanto Olímpico era um diabo premiado e vital e dele nasceriam filhos, ele tinha o precioso sêmen. E como já foi dito ou não foi dito Macabéa tinha ovários murchos como um cogumelo cozido. Ah pudesse eu pegar Macabéa, dar-lhe um bom banho, um prato de sopa quente, um beijo na testa enquanto a cobria com um cobertor. E fazer que quando ela acordasse encontrasse simplesmente o grande luxo de viver.

Olímpico na verdade não mostrava satisfação nenhuma em namorar Macabéa – é o que eu descubro agora. Olímpico talvez visse que Macabéa não tinha força de raça, era subproduto. Mas quando ele viu Glória, colega da Macabéa, sentiu logo que ela tinha classe.

Glória possuía no sangue um bom vinho português e também era amaneirada no bamboleio do caminhar por causa do sangue africano escondido. Apesar de branca, tinha em si a força da mulatice. Oxigenava em amarelo-ovo os cabelos crespos cujas raízes estavam sempre pretas. Mas mesmo oxigenada ela era loura, o que significava um degrau a mais para Olímpico. Além de ter uma grande vantagem que nordestino não podia desprezar. É que Glória lhe dissera, quando lhe fora apresentada por Macabéa: “sou carioca da gema!” Olímpico não entendeu o que significava “da gema” pois esta era uma gíria ainda do tempo de juventude do pai de Glória. O fato de ser carioca tornava-a pertencente ao ambicionado clã do sul do país. Vendo-a, ele logo adivinhou que, apesar de feia, Glória era bem alimentada. E isso fazia dela material de boa qualidade.

Enquanto isso o namoro com Macabéa entrara em rotina morna, se é que alguma vez haviam experimentado o quente. Muitas vezes ele não aparecia no ponto do ônibus. Mas pelo menos era um namorado. E Macabéa só pensava no dia em que ele quisesse ficar noivo. E casar.

Posteriormente, de pesquisa em pesquisa, ele soube que Glória tinha mãe, pai e comida quente em hora certa. Isso tornava-a material de primeira qualidade. Olímpico caiu em êxtase quando soube que o pai dela trabalhava num açougue.

Pelos quadris adivinhava-se que seria boa parideira. Enquanto Macabéa lhe pareceu ter em si mesma o seu próprio fim.

Esqueci de dizer que era realmente de se espantar que para corpo quase murcho de Macabéa tão vasto fosse o seu sopro de vida quase ilimitado e tão rico como o de uma donzela grávida, engravidada por si mesma, por partenogênese: tinha sonhos esquizoides nos quais apareciam gigantescos animais antediluvianos como se ela tivesse vivido em épocas as mais remotas desta terra sangrenta.

Foi então (explosão) que se desmanchou de repente o namoro entre Olímpico e Macabéa. Namoro talvez esquisito mas pelo menos parente de algum amor pálido. Ele avisou-lhe que encontrara outra moça e que esta era Glória. (Explosão) Macabéa bem viu o que aconteceu com Olímpico e Glória: os olhos de ambos se haviam beijado.

Diante da cara um pouco inexpressiva demais de Macabéa, ele até que quis lhe dizer alguma gentileza suavizante na hora do adeus para sempre. E ao se despedir lhe disse:

– Você, Macabéa, é um cabelo na sopa. Não dá vontade de comer. Me desculpe se eu lhe ofendi, mas sou sincero. Você está ofendida?

– Não, não, não! Ah por favor quero ir embora! Por favor me diga logo adeus!

É melhor eu não falar em felicidade ou infelicidade – provoca aquela saudade desmaiada e lilás, aquele perfume de violeta, as águas geladas da maré mansa em espumas pela areia. Eu não quero provocar porque dói.

Macabéa, esqueci de dizer, tinha uma infelicidade: era sensual. Como é que num corpo cariado como o dela cabia tanta lascívia, sem que ela soubesse que tinha? Mistério. Havia, no começo do namoro, pedido a Olímpico um retratinho tamanho 3x4 onde ele saiu rindo para mostrar o canino de ouro e ela ficava tão excitada que rezava três pai-nossos e duas ave-marias para se acalmar.

Na hora em que Olímpico lhe dera o fora, a reação dela (explosão) veio de repente inesperada: pôs-se sem mais nem menos a rir. Ria por não ter se lembrado de chorar. Surpreendido, Olímpico, sem entender, deu algumas gargalhadas.

Ficaram rindo os dois. Aí ele teve uma intuição que finalmente era uma delicadeza: perguntou-lhe se ela estava rindo de nervoso. Ela parou de rir e disse muito, muito cansada:

– Não sei não...

Macabéa entendeu uma coisa: Glória era um estardalhaço de existir. E tudo devia ser porque Glória era gorda. A gordura sempre fora o ideal secreto de Macabéa, pois em Maceió ouvira um rapaz dizer para uma gorda que passava na rua: "a tua gordura é formosura!" A partir de então ambicionara ter carnes e foi quando fez o único pedido de sua vida. Pediu que a tia lhe comprasse óleo de fígado de bacalhau. (Já então tinha tendência para anúncios.) A tia perguntara-lhe: você pensa lá que é filha de família querendo luxo?

Depois que Olímpico a despediu, já que ela não era uma pessoa triste, procurou continuar como se nada tivesse perdido. (Ela não sentiu desespero etc. etc.) Também que é que ela podia fazer? Pois ela era crônica. E mesmo tristeza também era coisa de rico, era para quem podia, para quem não tinha o que fazer. Tristeza era luxo.

Esqueci de dizer que no dia seguinte ao que ele lhe dera o fora ela teve uma ideia. Já que ninguém lhe dava festa, muito menos noivado, daria uma festa para si mesma. A festa consistiu em comprar sem necessidade um batom novo, não cor-de-rosa como o que usava, mas vermelho vivante. No banheiro da firma pintou a boca toda e até fora dos contornos para que os seus lábios finos tivessem aquela coisa esquisita dos lábios de Marylin Monroe. Depois de pintada ficou olhando no espelho a figura que por sua vez a olhava espantada. Pois em vez de batom parecia que grosso sangue lhe tivesse brotado dos lábios por um soco em plena boca, com quebra-dentes e rasga-carne (pequena explosão). Quando voltou para a sala de trabalho Glória riu-se dela:

– Você endoidou, criatura? Pintar-se como uma endemoniada? Você até parece mulher de soldado.

– Sou moça virgem! Não sou mulher de soldado e marinheiro.

– Me desculpe eu perguntar: ser feia dói?

– Nunca pensei nisso, acho que dói um pouquinho. Mas eu lhe pergunto se você que é feia sente dor.

– Eu não sou feia!!!, gritou Glória.

Depois tudo passou e Macabéa continuou a gostar de não pensar em nada. Vazia, vazia. Como eu disse, ela não tinha anjo da guarda. Mas se arranjava como podia. Quanto ao mais, ela era quase impessoal. Glória perguntou-lhe:

– Por que é que você me pede tanta aspirina? Não estou reclamando, embora isso custe dinheiro.

– É para eu não me doer.

– Como é que é? Hein? Você se dói?

– Eu me doo o tempo todo.

– Aonde?

– Dentro, não sei explicar.

Aliás cada vez mais ela não se sabia explicar. Transformara-se em simplicidade orgânica. E arrumara um jeito de achar nas coisas simples e honestas a graça de um pecado. Gostava de sentir o tempo passar. Embora não tivesse relógio, ou por isso mesmo, gozava o grande tempo. Era supersônica de vida. Ninguém percebia que ela ultrapassava com sua existência a barreira do som. Para as pessoas outras ela não existia. A sua única vantagem sobre os outros era saber engolir pílulas sem água, assim a seco. Glória, que lhe dava aspirinas, admirava-a muito, o que dava a Macabéa um banho de calor gostoso no coração. Glória advertiu-a:

– Um dia a pílula te cola na parede da garganta que nem galinha de pescoço meio cortado, correndo por aí.

Um dia teve um êxtase. Foi diante de uma árvore tão grande que no tronco ela nunca poderia abraçá-la. Mas apesar do êxtase ela não morava com Deus. Rezava indiferentemente. Sim. Mas o misterioso Deus dos outros lhe dava às vezes um estado de graça. Feliz, feliz, feliz. Ela de alma quase voando. E também vira o disco voador. Tentara contar a Glória mas não tivera jeito, não sabia falar e mesmo contar o quê? O ar? Não se conta tudo porque o tudo é um oco nada.

Às vezes a graça a pegava em pleno escritório. Então ela ia ao banheiro para ficar sozinha. De pé e sorrindo até passar (parece-me que esse Deus era muito misericordioso com ela: dava-lhe o que lhe tirava). Em pé pensando em nada, os olhos moles.

Nem Glória era uma amiga: só colega. Glória roliça, branca e morna. Tinha um cheiro esquisito. Porque não se lavava muito, com certeza. Oxigenava os pelos das pernas cabeludas e das axilas que ela não raspava. Olímpico: será que ela é loura embaixo também?

Em relação a Macabéa, Glória tinha um vago senso de maternidade. Quando Macabéa lhe parecia murcha demais, dizia:

– E esse ar é por causa de?

Macabéa, que nunca se irritava com ninguém, arrepiava-se com o hábito que Glória tinha de deixar a frase inacabada. Glória usava uma forte água-de-colônia de sândalo e Macabéa, que tinha o estômago delicado, quase vomitava ao sentir o cheiro. Nada dizia porque Glória era agora a sua conexão com o mundo. Este mundo fora composto pela tia, Glória, o Seu Raimundo e Olímpico – e de muito longe as moças com as quais repartia o quarto. Em compensação se conectava com o retrato de Greta Garbo quando moça. Para minha surpresa, pois eu não imaginava Macabéa capaz de sentir o que diz um rosto como esse. Greta Garbo, pensava ela sem se explicar, essa mulher deve ser a mulher mais importante do mundo. Mas o que ela queria mesmo ser não era a altiva Greta Garbo cuja trágica sensualidade estava em pedestal solitário. O que ela queria, como eu já disse, era parecer com Marylin. Um dia, em raro momento de confissão, disse a Glória quem ela gostaria de ser. E Glória caiu na gargalhada:

– Logo ela, Maca? Vê se te manca!

Glória era toda contente consigo mesma: dava-se grande valor. Sabia que tinha o sestro molengole de mulata, uma pintinha marcada junto da boca, só para dar uma gostosura, e um buço forte que ela oxigenava. Sua boca era loura. Parecia até um bigode. Era uma safadinha esperta mas tinha força de coração. Penalizava-se com Macabéa mas ela que se arranjasse, quem mandava ser tola? E Glória pensava: não tenho nada a ver com ela.

Ninguém pode entrar no coração de ninguém. Macabéa até que falava com Glória – mas nunca de peito aberto.

Glória tinha um traseiro alegre e fumava cigarro mentolado para manter um hálito bom nos seus beijos intermináveis com Olímpico. Ela era muito satisfatona: tinha tudo o que seu pouco anseio lhe dava. E havia nela um desafio que se resumia em "ninguém manda em mim". Mas lá um dia pôs-se a olhar e a olhar e a olhar Macabéa. De repente não aguentou e com um sotaque levemente português disse:

– Oh mulher, não tens cara?

– Tenho sim. É porque sou achatada de nariz, sou alagoana.

– Diga-me uma coisa: você pensa no teu futuro?

A pergunta ficou por isso mesmo, pois a outra não soube o que responder.

Muito bem. Voltemos a Olímpico.

Ele, para impressionar Glória e cantar logo de galo, comprou pimenta-malagueta das brabas na feira dos nordestinos e para mostrar à nova namorada o durão que era mastigou em plena polpa a fruta do diabo. Nem sequer tomou um copo de água para apagar o fogo nas entranhas. O ardor quase intolerável no entanto o enrijeceu, sem contar que Glória assustada passou a obedecer-lhe. Ele pensou: pois não é que sou um vencedor? E agarrou-se em Glória com a força de um zangão, ela lhe daria mel de abelhas e carnes fartas. Não se arrependeu um só instante de ter rompido com Macabéa pois seu destino era o de subir para um dia entrar no mundo dos outros. Ele tinha fome de ser outro. No mundo de Glória, por exemplo, ele ia se locupletar, o frágil machinho. Deixaria enfim de ser o que sempre fora e que escondia até de si mesmo por vergonha de tal fraqueza: é que desde menino na verdade não passava de um coração solitário pulsando com dificuldade no espaço. O sertanejo é antes de tudo um paciente. Eu o perdoo.

Glória, querendo compensar o roubo do namorado da outra, convidou -a para tomar lanche de tarde, domingo, na sua casa. Soprar depois de morder? (Ah que história banal, mal aguento escrevê-la.)

E lá (pequena explosão) Macabéa arregalou os olhos. É que na suja desordem de uma terceira classe de burguesia havia no entanto o morno conforto de quem gasta todo o dinheiro em comida, no subúrbio comia-se muito. Glória morava na rua General não sei o quê, muito contente de morar em rua de militar, sentia-se mais garantida. Em sua casa até telefone tinha. Foi talvez essa uma das poucas vezes em que Macabéa viu que não havia para ela lugar no mundo e exatamente porque Glória tanto lhe dava. Isto é, um farto copo de grosso chocolate de verdade misturado com leite e muitas espécies de roscas açucaradas, sem falar num pequeno bolo. Macabéa, enquanto Glória saía da sala – roubou escondido um biscoito. Depois pediu perdão ao Ser abstrato que dava e tirava. Sentiu-se perdoada. O Ser a perdoava de tudo.

No dia seguinte, segunda-feira, não sei se por causa do fígado atingido pelo chocolate ou por causa de nervosismo de beber coisa de rico, passou mal. Mas teimosa não vomitou para não desperdiçar o luxo do chocolate. Dias depois, recebendo o salário, teve a audácia de pela primeira vez na vida (explosão) procurar o médico barato indicado por Glória. Ele a examinou, a examinou e de novo a examinou.

– Você faz regime para emagrecer, menina?

Macabéa não soube responder.

– O que é que você come?

– Cachorro-quente.

– Só?

– Às vezes como sanduíche de mortadela.

– Que é que você bebe? Leite?

– Só café e refrigerante.

– Que refrigerante?, perguntou ele sem saber o que falar. À toa indagou:

– Você às vezes tem crise de vômito?

– Ah, nunca!, exclamou muito espantada, pois não era doida de desperdiçar comida, como eu disse.

O médico olhou-a e bem sabia que ela não fazia regime para emagrecer. Mas era-lhe mais cômodo insistir em dizer que não fizesse dieta de emagrecimento. Sabia que era assim mesmo e que ele era médico de pobres. Foi o que disse enquanto lhe receitava um tônico que ela depois nem comprou, achava que ir ao médico por si só já curava. Ele acrescentou irritado sem atinar com o porquê de sua súbita irritação e revolta:

– Essa história de regime de cachorro-quente é pura neurose e o que está precisando é de procurar um psicanalista!

Ela nada entendeu mas pensou que o médico esperava que ela sorrisse. Então sorriu.

O médico muito gordo e suado tinha um tique nervoso que o fazia de quando em quando ritmadamente repuxar os lábios. O resultado era parecer que estava fazendo beicinho de bebê quando está prestes a chorar.

Esse médico não tinha objetivo nenhum. A medicina era apenas para ganhar dinheiro e nunca por amor à profissão nem a doentes. Era desatento e achava a pobreza uma coisa feia. Trabalhava para os pobres detestando lidar com eles. Eles eram para ele o rebotalho de uma sociedade muito alta à qual também ele não pertencia. Sabia que estava desatualizado na medicina e nas novidades clínicas mas para pobre servia. O seu sonho era ter dinheiro para fazer exatamente o que queria: nada.

Quando ele avisara que ia examiná-la ela disse:

– Ouvi dizer que no médico se tira a roupa mas eu não tiro coisa nenhuma.

Passara-a pelo raio X e dissera:

– Você está com começo de tuberculose pulmonar.

Ela não sabia se isso era coisa boa ou coisa ruim. Bem, como era uma pessoa muito educada, disse:

– Muito obrigada, sim?

O médico simplesmente se negou a ter piedade. E acrescentou: quando você não souber o que comer faça um espaguete bem italiano.

E acrescentou com um mínimo de bondade a que ele se permitia já que se considerava também injustiçado pela sorte:

– Não é tão caro assim...

– Esse nome de comida que o senhor falou eu nunca comi na vida. É bom?

– Claro que é! Olhe só a minha barriga! Isso é resultado de boas macarronadas e muita cerveja. Dispense a cerveja, é melhor não beber álcool. Ela repetiu cansada:

– Álcool?

– Sabe de uma coisa? Vá para os raios que te partam!

Sim, estou apaixonado por Macabéa, a minha querida Maca, apaixonado pela sua feiura e anonimato total pois ela não é para ninguém. Apaixonado por seus pulmões frágeis, a magricela. Quisera eu tanto que ela abrisse a boca e dissesse:

– Eu sou sozinha no mundo e não acredito em ninguém, todos mentem, às vezes até na hora do amor, eu não acho que um ser fale com o outro, a verdade só me vem quando estou sozinha.

Maca, porém, jamais disse frases, em primeiro lugar por ser de parca palavra. E acontece que não tinha consciência de si e não reclamava nada, até pensava que era feliz. Não se tratava de uma idiota mas tinha a felicidade pura dos idiotas. E também não prestava atenção em si mesma: ela não sabia. (Vejo que tentei dar a Maca uma situação minha: eu preciso de algumas horas de solidão por dia senão "me muero".)

Quanto a mim, só sou verdadeiro quando estou sozinho. Quando eu era pequeno pensava que de um momento para outro eu cairia para fora do mundo. Por que as nuvens não caem, já que tudo cai? É que a gravidade é menor que a força do ar que as levanta. Inteligente, não é? Sim, mas caem um dia em chuva. É a minha vingança.

Nada contou a Glória porque de um modo geral mentia: tinha vergonha da verdade. A mentira era tão mais decente. Achava que boa educação é saber mentir. Mentia também para si mesma em devaneio volátil na sua inveja da colega. Glória, por exemplo, era inventiva: Macabéa viu-a se despedir de Olímpico beijando a ponta dos próprios dedos e jogando o beijo no ar como se solta passarinho, o que Macabéa nunca pensaria em fazer.

(Esta história são apenas fatos não trabalhados de matéria-prima e que me atingem direto antes de eu pensar. Sei muita coisa que não posso dizer. Aliás pensar o quê?)

Glória, talvez por remorso, disse-lhe:

– Olímpico é meu mas na certa você arranja outro namorado. Eu digo que ele é meu porque foi o que a minha cartomante me disse e eu não quero desobedecer porque ela é médium e nunca erra. Por que você não paga uma consulta e pede pra ela te pôr as cartas?

– É muito caro?

Estou absolutamente cansado de literatura; só a mudez me faz companhia. Se ainda escrevo é porque nada mais tenho a fazer no mundo enquanto espero a morte. A procura da palavra no escuro. O pequeno sucesso me invade e me põe no olho da rua. Eu queria chafurdar no lodo, minha necessidade de baixeza eu mal controlo, a necessidade da orgia e do pior gozo absoluto. O pecado me atrai, o que é proibido me fascina. Quero ser porco e galinha e depois matá-los e beber-lhes o sangue. Penso no sexo de Macabéa, miúdo mas inesperadamente coberto de grossos e abundantes pelos negros – seu sexo era a única marca veemente de sua existência.

Ela nada pedia mas seu sexo exigia, como um nascido girassol num túmulo. Quanto a mim, estou cansado. Talvez da companhia de Macabéa, Glória, Olímpico. O médico me enjoou com sua cerveja. Tenho que interromper esta história por uns três dias.

Nestes últimos três dias, sozinho, sem personagens, despersonalizo-me e tiro-me de mim como quem tira uma roupa. Despersonalizo-me a ponto de adormecer.

E agora emerjo e sinto falta de Macabéa. Continuemos:

– É muito caro?

– Eu lhe empresto. Inclusive madama Carlota também quebra feitiço que tenham feito contra a gente. Ela quebrou o meu à meia-noite em ponto de uma sexta-feira treze de agosto, lá para lá de S. Miguel, num terreiro de macumba. Sangraram em cima de mim um porco preto, sete galinhas brancas e me rasgaram a roupa que já estava toda ensanguentada. Você tem coragem?

– Não sei se posso ver sangue.

Talvez porque sangue é a coisa secreta de cada um, a tragédia vivificante. Mas Macabéa só sabia que não podia ver sangue, o resto fui eu que pensei. Estou me interessando terrivelmente por fatos: fatos são pedras duras. Não há como fugir. Fatos são palavras ditas pelo mundo.

Bem.

Diante da súbita ajuda, Macabéa, que nunca se lembrava de pedir, pediu licença ao chefe inventando dor de dente e aceitou o dinheiro emprestado que nem sabia quando ia devolver. Essa audácia lhe deu um inesperado ânimo para audácia maior (explosão): como o dinheiro era emprestado, ela raciocinou tortamente que não era dela e então podia gastá-lo. Assim pela primeira vez na vida tomou um táxi e foi para Olaria. Desconfio que ousou tanto por desespero, embora não soubesse que estava desesperada, é que estava gasta até a última lona, a boca a se colar no chão.

Não foi difícil achar o endereço da madama Carlota e essa facilidade lhe pareceu bom sinal. O apartamento térreo ficava na esquina de um beco e entre as pedras do chão crescia capim – ela o notou porque sempre notava o que era pequeno e insignificante. Pensou vagamente enquanto tocava a campainha da porta: capim é tão fácil e simples. Tinha pensamentos gratuitos e soltos porque embora à toa possuía muita liberdade interior.

A própria madama Carlota atendeu-a, olhou-a com naturalidade e disse:

– O meu guia já tinha me avisado que você vinha me ver, minha queridinha. Como é mesmo o seu nome? Ah, é? É muito lindo. Entre, meu benzinho. Tenho uma cliente na salinha dos fundos, você espera aqui. Aceita um cafezinho, minha florzinha?

Macabéa sentou-se um pouco assustada porque faltavam-lhe antecedentes de tanto carinho. E bebeu, com cuidado pela própria frágil vida, o café frio e quase sem açúcar. Enquanto isso olhava com admiração e respeito a sala onde estava. Lá tudo era de luxo. Matéria plástica amarela nas poltronas e sofás. E até flores de plástico. Plástico era o máximo. Estava boquiaberta.

Afinal saiu dos fundos da casa uma moça com olhos muito vermelhos e madama Carlota mandou Macabéa entrar. (Como é chato lidar com fatos, o cotidiano me aniquila, estou com preguiça de escrever esta história que é um desabafo apenas. Vejo que escrevo aquém e além de mim. Não me responsabilizo pelo que agora escrevo.)

Continuemos, pois, embora com esforço: madama Carlota era enxundiosa, pintava a boquinha rechonchuda com vermelho vivo e punha nas faces oleosas duas rodelas de ruge brilhoso. Parecia um bonecão de louça meio quebrado. (Vejo que não dá para aprofundar esta história. Descrever me cansa.)

– Não tenha medo de mim, sua coisinha engraçadinha. Porque quem está ao meu lado está no mesmo instante ao lado de Jesus.

E apontou o quadro colorido onde havia exposto em vermelho e dourado o coração de Cristo.

– Eu sou fã de Jesus. Sou doidinha por Ele. Ele sempre me ajudou. Olha, quando eu era mais moça tinha bastante categoria para levar vida fácil de mulher. E era fácil mesmo, graças a Deus. Depois, quando eu já não valia muito no mercado, Jesus sem mais nem menos arranjou um jeito de eu fazer sociedade com uma coleguinha e abrimos uma casa de mulheres. Aí eu ganhei dinheiro e pude comprar este apartamentozinho térreo. Larguei a casa de mulheres porque era difícil tomar conta de tantas moças que só faziam era querer me roubar. Você está interessada no que eu digo?

– Muito.

– Pois faz bem porque eu não minto. Seja também fã de Jesus porque o Salvador salva mesmo. Olhe, a polícia não deixa pôr cartas, acha que estou explorando os outros, mas, como eu lhe disse, nem a polícia consegue desbancar Jesus. Você notou que Ele até me conseguiu dinheiro para ter mobília de grã-fino?

– Sim senhora.

– Ah, então você também acha, não é? Pelo que vejo você é inteligente, ainda bem, porque a inteligência me salvou.

Madama Carlota enquanto falava tirava de uma caixa aberta um bombom atrás do outro e ia enchendo a boca pequena. Não ofereceu nenhum a Macabéa. Esta, que, como eu disse, tinha tendência a notar coisas pequenas, percebeu que dentro de cada bombom mordido havia um líquido grosso. Não cobiçou o bombom pois aprendera que as coisas são dos outros.

– Eu era pobre, comia mal, não tinha roupas boas. Então caí na vida. E gostei porque sou uma pessoa muito carinhosa, tinha carinho por todos os homens. Além do mais, na zona era divertido porque havia muita conversa entre as coleguinhas. Nós éramos muito unidas e só de vez em quando eu me atracava com uma. Mas isso também era bom porque eu era muito forte e gostava de bater, de puxar cabelos e morder. Por falar em morder, você não pode imaginar que dentes lindos eu tinha, todos branquinhos e brilhantes. Mas se estragaram tanto que hoje uso dentadura postiça. Você acha que se nota que são postiços?

– Não senhora.

– Olhe, eu era muito asseada e não pegava doença ruim. Só uma vez me caiu uma sífilis mas a penicilina me curou. Eu era mais tolerante do que as outras porque sou bondosa e afinal estava dando o que era meu. Eu tinha um homem de quem eu gostava de verdade e que eu sustentava porque ele era fino e não queria se gastar em trabalho nenhum. Ele era o meu luxo e eu até apanhava dele. Quando ele me dava uma surra eu via que ele gostava de mim, eu gostava de apanhar. Com ele era amor, com os outros eu trabalhava. Depois que ele desapareceu, eu, para não sofrer, me divertia amando mulher. O carinho de mulher é muito bom mesmo, eu até lhe aconselho porque você é delicada demais para suportar a brutalidade dos homens e se você conseguir uma mulher vai ver como é gostoso, entre mulheres o carinho é muito mais fino. Você tem chance de ter uma mulher?

– Não senhora.

– É que também você nem se enfeita. Quem não se enfeita, por si mesma se enjeita. Ai que saudades da zona! Eu peguei o melhor tempo do Mangue que era frequentado por verdadeiros cavalheiros. Além do preço fixo, eu muitas vezes ganhava gorjeta. Ouvi dizer que o Mangue está acabando, que a zona agora só tem uma meia dúzia de casas. Em meu tempo havia umas duzentas. Eu ficava em pé encostada na porta vestindo só calcinha e sutiã de renda transparente. Depois, quando eu já estava ficando muito gorda e perdendo os dentes, é que me tornei caftina. Você sabe o que quer dizer caftina? Eu uso essa palavra porque nunca tive medo de palavras. Tem gente que se assusta com o nome das coisas. Vocezinha tem medo de palavras, benzinho?

– Tenho, sim senhora.

– Então vou me cuidar para não escapulir nenhum palavrão, fique sossegada. Ouvi dizer que o Mangue tem um cheiro insuportável. No meu tempo a gente punha incenso queimando para dar um ar limpo na casa. Até tinha cheiro de igreja. E tudo era muito respeitoso e com muita religião. Quando eu era mulher-dama já ia juntando meu dinheirinho, dando porcentagem à chefa, é claro. De vez em quando havia tiros mas nada comigo. Minha florzinha, estou te aborrecendo com minha história? Ah, não? Você tem paciência de esperar pelas cartas?

– Tenho, sim senhora.

Então madama Carlota contou-lhe que lá no Mangue, no seu cubículo, havia enfeites lindos nas paredes.

– Você sabe, meu amor, que cheiro de homem é bom? Faz bem à saúde. Você já sentiu cheiro de homem?

– Não senhora.

Finalmente, depois de lamber os dedos, madama Carlota mandou-a cortar as cartas com a mão esquerda, ouviu, minha adoradinha?

Macabéa separou um monte com a mão trêmula: pela primeira vez ia ter um destino. Madama Carlota (explosão) era um ponto alto na sua existência. Era o vórtice de sua vida e esta se afunilara toda para desembocar na grande dama cujo ruge brilhante dava-lhe à pele uma lisura de matéria plástica. A madama de repente arregalou os olhos.

– Mas, Macabeazinha, que vida horrível a sua! Que meu amigo Jesus tenha dó de você, filhinha! Mas que horror!

Macabéa empalideceu: nunca lhe ocorrera que sua vida fora tão ruim.

Madama acertou tudo sobre o seu passado, até lhe disse que ela mal conhecera pai e mãe e que fora criada por uma parente muito madrasta má. Macabéa espantou-se com a revelação: até agora sempre julgara que o que a tia lhe fizera era educá-la para que ela se tornasse uma moça mais fina. Madama acrescentou:

– Quanto ao presente, queridinha, está horrível também. Você vai perder o emprego e já perdeu o namorado, coitada de vocezinha. Se não puder, não me pague a consulta, sou uma madama de recursos.

Macabéa, pouco habituada a receber de graça, recusou a dádiva mas com o coração todo grato.

E eis que (explosão) de repente aconteceu: o rosto da madama se acendeu todo iluminado:

– Macabéa! Tenho grandes notícias para lhe dar! Preste atenção, minha flor, porque é da maior importância o que vou lhe dizer. É coisa muito séria e muito alegre: sua vida vai mudar completamente! E digo mais: vai mudar a partir do momento em que você sair da minha casa! Você vai se sentir outra. Fique sabendo, minha florzinha, que até o seu namorado vai voltar e propor casamento, ele está arrependido! E seu chefe vai lhe avisar que pensou melhor e não vai mais lhe despedir!

Macabéa nunca tinha tido coragem de ter esperança.

Mas agora ouvia a madama como se ouvisse uma trombeta vinda dos céus – enquanto suportava uma forte taquicardia. Madama tinha razão: Jesus enfim prestava atenção nela. Seus olhos estavam arregalados por uma súbita voracidade pelo futuro (explosão). E eu também estou com esperança enfim.

– E tem mais! Um dinheiro grande vai lhe entrar pela porta adentro em horas da noite trazido por um homem estrangeiro. Você conhece algum estrangeiro?

– Não senhora, disse Macabéa já desanimando.

– Pois vai conhecer. Ele é alourado e tem olhos azuis ou verdes ou castanhos ou pretos. E se não fosse porque você gosta de seu ex-namorado, esse gringo ia namorar você. Não! Não! Não! Agora estou vendo outra coisa (explosão) e apesar de não ver muito claro estou também ouvindo a voz de meu guia: esse estrangeiro parece se chamar Hans, e é ele quem vai se casar com você! Ele tem muito dinheiro, todos os gringos são ricos. Se não me engano, e nunca me engano, ele vai lhe dar muito amor e você, minha enjeitadinha, você vai se vestir com veludo e cetim e até casaco de pele vai ganhar!

Macabéa começou (explosão) a tremelicar toda por causa do lado penoso que há na excessiva felicidade. Só lhe ocorreu dizer:

– Mas casaco de pele não se precisa no calor do Rio...

– Pois vai ter só para se enfeitar. Faz tempo que não boto cartas tão boas. E sou sempre sincera: por exemplo, acabei de ter a franqueza de dizer para aquela moça que saiu daqui que ela ia ser atropelada, ela até chorou muito, viu os olhos avermelhados dela? E agora vou lhe dar um feitiço que você deve guardar dentro deste sutiã que quase não tem seio, coitada, bem em contato com sua pele. Você não tem busto mas vai engordar e vai ganhar corpo. Enquanto você não engordar, ponha dentro do sutiã chumaços de algodão para fingir que tem. Olha, minha queridinha, esse feitiço também sou obrigada por Jesus a lhe cobrar porque todo o dinheiro que eu recebo das cartas eu dou para um asilo de crianças. Mas se não puder, não pague, só venha me pagar quando tudo acontecer.

– Não, eu lhe pago, a senhora acertou tudo, a senhora é...

Estava meio bêbada, não sabia o que pensava, parecia que lhe tinham dado um forte cascudo na cabeça de ralos cabelos, sentia-se tão desorientada como se lhe tivesse acontecido uma infelicidade.

Sobretudo estava conhecendo pela primeira vez o que os outros chamavam de paixão: estava apaixonada por Hans.

– E que é que eu faço para ter mais cabelo?, ousou perguntar porque já se sentia outra.

– Você está querendo demais. Mas está bem: lave a cabeça com sabão Aristolino, não use sabão amarelo em pedra. Esse conselho eu não cobro.

Até isso? (explosão) bateu-lhe o coração, até mais cabelo? Esquecera Olímpico e só pensava no gringo: era sorte demais pegar homem de olhos azuis ou verdes ou castanhos ou pretos, não havia como errar, era vasto o campo das possibilidades.

– E agora, disse a madama, você vá embora para encontrar o seu maravilhoso destino. E mesmo porque tem outra freguesa esperando, demorei demais com você, meu anjinho, mas valeu a pena!

Num súbito ímpeto (explosão) de vivo impulso Macabéa, entre feroz e desajeitada, deu um estalado beijo no rosto da madama. E sentiu de novo que sua vida já estava melhorando ali mesmo: pois era bom beijar. Quando ela era pequena, como não tinha a quem beijar, beijava a parede. Ao acariciar ela se acariciava a si própria.

Madama Carlota havia acertado tudo. Macabéa estava espantada. Só então vira que sua vida era uma miséria. Teve vontade de chorar ao ver o seu lado oposto, ela que, como eu disse, até então se julgava feliz.

Saiu da casa da cartomante aos tropeços e parou no beco escurecido pelo crepúsculo – crepúsculo que é hora de ninguém. Mas ela de olhos ofuscados como se o último final da tarde fosse mancha de sangue e ouro quase negro. Tanta riqueza de atmosfera a recebeu e o primeiro esgar da noite que, sim, sim, era funda e faustosa. Macabéa ficou um pouco aturdida sem saber se atravessaria a rua pois sua vida já estava mudada. E mudada por palavras – desde Moisés se sabe que a palavra é divina. Até para atravessar a rua ela já era outra pessoa. Uma pessoa grávida de futuro. Sentia em si uma esperança tão violenta como jamais sentira tamanho desespero. Se ela não era mais ela mesma, isso significava uma perda que valia por um ganho. Assim como havia sentença de morte, a cartomante lhe decretara sentença de vida. Tudo de repente era muito e muito e tão amplo que ela sentiu vontade de chorar. Mas não chorou: seus olhos faiscavam como o sol que morria.

Então ao dar o passo de descida da calçada para atravessar a rua, o Destino (explosão) sussurrou veloz e guloso: é agora, é já, chegou a minha vez!

E enorme como um transatlântico o Mercedes amarelo pegou-a – e neste mesmo instante em algum único lugar do mundo um cavalo como resposta empinou-se em gargalhada de relincho.

Macabéa ao cair ainda teve tempo de ver, antes que o carro fugisse, que já começavam a ser cumpridas as predições de madama Carlota, pois o carro era de alto luxo. Sua queda não era nada, pensou ela, apenas um empurrão. Batera com a cabeça na quina da calçada e ficara caída, a cara mansamente voltada para a sarjeta. E da cabeça um fio de sangue inesperadamente vermelho e rico. O que queria dizer que apesar de tudo ela pertencia a uma resistente raça anã teimosa que um dia vai talvez reivindicar o direito ao grito.

(Eu ainda poderia voltar atrás em retorno aos minutos passados e recomeçar com alegria no ponto em que Macabéa estava de pé na calçada – mas não depende de mim dizer que o homem alourado e estrangeiro a olhasse. É que fui longe demais e já não posso mais retroceder. Ainda bem que pelo menos não falei e nem falarei em morte e sim apenas um atropelamento.)

Ficou inerme no canto da rua, talvez descansando das emoções, e viu entre as pedras do esgoto o ralo capim de um verde da mais tenra esperança humana. Hoje, pensou ela, hoje é o primeiro dia de minha vida: nasci.

(A verdade é sempre um contato interior inexplicável. A verdade é irreconhecível. Portanto não existe? Não, para os homens não existe.)

Voltando ao capim. Para tal exígua criatura chamada Macabéa a grande natureza se dava apenas em forma de capim de sarjeta – se lhe fosse dado o mar grosso ou picos altos de montanhas, sua alma, ainda mais virgem que o corpo, se alucinaria e explodir-se-lhe-ia o organismo, braços pra cá, intestino para lá, cabeça rolando redonda e oca a seus pés – como se desmonta um manequim de cera.

Prestou de repente um pouco de atenção para si mesma. O que estava acontecendo era um surdo terremoto? Tinha-se aberto em fendas a terra de Alagoas. Fixava, só por fixar, o capim. Capim na grande Cidade do Rio de Janeiro. À toa. Quem sabe se Macabéa já teria alguma vez sentido que também ela era à toa na cidade inconquistável. O Destino havia escolhido para ela um beco no escuro e uma sarjeta. Ela sofria? Acho que sim. Como uma galinha de pescoço mal cortado que corre espavorida pingando sangue. Só que a galinha foge – como se foge da dor – em cacarejos apavorados. E Macabéa lutava muda.

Vou fazer o possível para que ela não morra. Mas que vontade de adormecê-la e de eu mesmo ir para a cama dormir.

Então começou levemente a garoar. Olímpico tinha razão: ela só sabia mesmo era chover. Os finos fios de água gelada aos poucos empapavam-lhe a roupa e isso não era confortável.

Pergunto: toda história que já se escreveu no mundo é história de aflições?

Algumas pessoas brotaram no beco não se sabe de onde e haviam se agrupado em torno de Macabéa sem nada fazer assim como antes pessoas nada haviam feito por ela, só que agora pelo menos a espiavam, o que lhe dava uma existência.

(Mas quem sou eu para censurar os culpados? O pior é que preciso perdoá-los. É necessário chegar a tal nada que indiferentemente se ame ou não se ame o criminoso que nos mata. Mas não estou seguro de mim mesmo: preciso perguntar, embora não saiba a quem, se devo mesmo amar aquele que me trucida e perguntar quem de vós me trucida. E minha vida, mais forte do que eu, responde que quer porque quer vingança e responde que devo lutar como quem se afoga, mesmo que eu morra depois. Se assim é, que assim seja.)

Macabéa por acaso vai morrer? Como posso saber? E nem as pessoas ali presentes sabiam. Embora por via das dúvidas algum vizinho tivesse pousado junto do corpo uma vela acesa. O luxo da rica flama parecia cantar glória.

(Escrevo sobre o mínimo parco enfeitando-o com púrpura, joias e esplendor. É assim que se escreve? Não, não é acumulando e sim desnudando. Mas tenho medo da nudez, pois ela é a palavra final.)

Enquanto isso, Macabéa no chão parecia se tornar cada vez mais uma Macabéa, como se chegasse a si mesma.

Este é um melodrama? O que sei é que melodrama era o ápice de sua vida, todas as vidas são uma arte e a dela tendia para o grande choro insopitável como chuva e raios.

Apareceu portanto um homem magro de paletó puído tocando violino na esquina. Devo explicar que este homem eu o vi uma vez ao anoitecer quando eu era menino em Recife e o som espichado e agudo sublinhava com uma linha dourada o mistério da rua escura. Junto do homem esquálido havia uma latinha de zinco onde barulhavam secas as moedas dos que o ouviam com gratidão por ele lhes planger a vida. Só agora entendo e só agora brotou-se-me o sentido secreto: o violino é um aviso. Sei que quando eu morrer vou ouvir o violino do homem e pedirei música, música, música.

Macabéa, Ave-Maria, cheia de graça, terra serena da promissão, terra do perdão, tem que chegar o tempo, ora pro nóbis, e eu me uso como forma de conhecimento. Eu te conheço até o osso por intermédio de uma encantação que vem de mim para ti. Espraiar-se selvagemente e no entanto atrás de tudo pulsa uma geometria inflexível. Macabéa lembrou-se do cais do porto. O cais chegava ao coração de sua vida.

Macabéa pedir perdão? Porque sempre se pede. Por quê? Resposta: é assim porque assim é. Sempre foi? Sempre será. E se não foi? Mas eu estou dizendo que é. Pois.

Via-se perfeitamente que estava viva pelo piscar constante dos olhos grandes, pelo peito magro que se levantava e abaixava em respiração talvez difícil. Mas quem sabe se ela não estaria precisando de morrer? Pois há momentos em que a pessoa está precisando de uma pequena mortezinha e sem nem ao menos saber. Quanto a mim, substituo o ato da morte por um seu símbolo. Símbolo este que pode se resumir num profundo beijo mas não na parede áspera e sim boca a boca na agonia do prazer que é morte. Eu, que simbolicamente morro várias vezes só para experimentar a ressurreição.

Acho com alegria que ainda não chegou a hora de estrela de cinema de Macabéa morrer. Pelo menos ainda não consigo adivinhar se lhe acontece o homem louro e estrangeiro. Rezem por ela e que todos interrompam o que estão fazendo para soprar-lhe vida, pois Macabéa está por enquanto solta no acaso como a porta balançando ao vento no infinito. Eu poderia resolver pelo caminho mais fácil, matar a menina-infante, mas quero o pior: a vida. Os que me lerem, assim, levem um soco no estômago para ver se é bom. A vida é um soco no estômago.

Por enquanto Macabéa não passava de um vago sentimento nos paralelepípedos sujos. Eu poderia deixá-la na rua e simplesmente não acabar a história. Mas não: irei até onde o ar termina, irei até onde a grande ventania se solta uivando, irei até onde o vácuo faz uma curva, irei aonde meu fôlego me levar. Meu fôlego me leva a Deus? Estou tão puro que nada sei. Só uma coisa eu sei: não preciso ter piedade de Deus. Ou preciso?

Tanto estava viva que se mexeu devagar e acomodou o corpo em posição fetal. Grotesca como sempre fora. Aquela relutância em ceder, mas aquela vontade do grande abraço. Ela se abraçava a si mesma com vontade do doce nada. Era uma maldita e não sabia. Agarrava-se a um fiapo de consciência e repetia mentalmente sem cessar: eu sou, eu sou, eu sou. Quem era, é que não sabia. Fora buscar no próprio profundo e negro âmago de si mesma o sopro de vida que Deus nos dá.

Então – ali deitada – teve uma úmida felicidade suprema, pois ela nascera para o abraço da morte. A morte que é nesta história o meu personagem predileto. Iria ela dar adeus a si mesma? Acho que ela não vai morrer porque tem tanta vontade de viver. E havia certa sensualidade no modo como se encolhera. Ou é porque a pré-morte se parece com a intensa ânsia sensual? É que o rosto dela lembrava um esgar de desejo. As coisas são sempre vésperas e se ela não morre agora está como nós na véspera de morrer, perdoai-me lembrar-vos porque quanto a mim não me perdoo a clarividência.

Um gosto suave, arrepiante, gélido e agudo como no amor. Seria esta a graça a que vós chamais de Deus? Sim? Se iria morrer, na morte passava de virgem a mulher. Não, não era morte pois não a quero para a moça: só um atropelamento que não significava sequer desastre. Seu esforço de viver parecia uma coisa que, se nunca experimentara, virgem que era, ao menos intuíra, pois só agora entendia que mulher nasce mulher desde o primeiro vagido. O destino de uma mulher é ser mulher. Intuíra o instante quase dolorido e esfuziante do desmaio do amor. Sim, doloroso reflorescimento tão difícil que ela empregava nele o corpo e a outra coisa que vós chamais de alma e que eu chamo – o quê?

Aí Macabéa disse uma frase que nenhum dos transeuntes entendeu. Disse bem pronunciado e claro:

– Quanto ao futuro.

Terá tido ela saudade do futuro? Ouço a música antiga de palavras e palavras, sim, é assim. Nesta hora exata Macabéa sente um fundo enjoo de estômago e quase vomitou, queria vomitar o que não é corpo, vomitar algo luminoso. Estrela de mil pontas.

O que é que estou vendo agora e que me assusta? Vejo que ela vomitou um pouco de sangue, vasto espasmo, enfim o âmago tocando no âmago: vitória!

E então – então o súbito grito estertorado de uma gaivota, de repente a águia voraz erguendo para os altos ares a ovelha tenra, o macio gato estraçalhando um rato sujo e qualquer, a vida come a vida.

Até tu, Brutus?!

Sim, foi este o modo como eu quis anunciar que – que Macabéa morreu. Vencera o Príncipe das Trevas. Enfim a coroação.

Qual foi a verdade de minha Maca? Basta descobrir a verdade que ela logo já não é mais: passou o momento. Pergunto: o que é? Resposta: não é.

Mas que não se lamentem os mortos: eles sabem o que fazem. Eu estive na terra dos mortos e depois do terror tão negro ressurgi em perdão. Sou inocente! Não me consumam! Não sou vendável! Ai de mim, todo na perdição e é como se a grande culpa fosse minha. Quero que me lavem as mãos e os pés e depois – depois que os untem com óleos santos de tanto perfume. Ah que vontade de alegria. Estou agora me esforçando para rir em grande gargalhada. Mas não sei por que não rio. A morte é um encontro consigo. Deitada, morta, era tão grande como um cavalo morto. O melhor negócio é ainda o seguinte: não morrer, pois morrer é insuficiente, não me completa, eu que tanto preciso.

Macabéa me matou.

Ela estava enfim livre de si e de nós. Não vos assusteis, morrer é um instante, passa logo, eu sei porque acabo de morrer com a moça. Desculpai-me esta morte. É que não pude evitá-la, a gente aceita tudo porque já beijou a parede. Mas eis que de repente sinto o meu último esgar de revolta e uivo: o morticínio dos pombos!!! Viver é luxo.

Pronto, passou.

Morta, os sinos badalavam mas sem que seus bronzes lhes dessem som. Agora entendo esta história. Ela é a iminência que há nos sinos que quase-quase badalam.

A grandeza de cada um.

Silêncio.

Se um dia Deus vier à terra haverá silêncio grande.

O silêncio é tal que nem o pensamento pensa.

O final foi bastante grandiloquente para a vossa necessidade? Morrendo ela virou ar. Ar enérgico? Não sei. Morreu em um instante. O instante é aquele átimo de tempo em que o pneu do carro correndo em alta velocidade toca no chão e depois não toca mais e depois toca de novo. Etc. etc. etc. No fundo ela não passara de uma caixinha de música meio desafinada.

Eu vos pergunto:

– Qual é o peso da luz?

E agora – agora só me resta acender um cigarro e ir para casa. Meu Deus, só agora me lembrei que a gente morre. Mas – mas eu também?!

Não esquecer que por enquanto é tempo de morangos.

Sim.

A construção da estrela: manuscritos originais e notas de trabalho de Clarice Lispector

(Autor ?)

A verdade é sempre um contato interior inexplicável. A mais verdadeira minha vida é irreconhecível extremamente interior e não tem uma só palavra que a signifique. Meu coração se esvaziou de todo desejo e reduz-se ao próprio último ou primeiro pulsar.

cabeludas e das axilas que ela não raspava
Olímpico: será que ela é loura embaixo também?
Antes da pré-história havia talvez
a pré-história da pré-história
~~o mundo~~ ~~[illegible]~~
é o O mundo
nunca e
começou Deus e jamais
nunca o é o
Deus e jamais: ...

(cabelo oxigenado)
pelos das ...

Glória (pus) exigenava

instante ... pedir.
de tempo
~~fugas~~ em que o pneu é aquele mínimo atrito do carro correndo toca no chão.

~~[illegible]~~
~~[illegible] sofrerem o ag...~~

(maçaleia olímpica)

Ela nada pedia mas seu sexo exigia, como uma girassol ~~vassoda~~

marido Seu sexo ~~[illegible]~~ miúdo ~~e~~ mas inesperadamente coberto de grossos e abundantes pelos negros.

(Macabéa / Glória) Pois não é que, sim, foi convidada ~~convidada~~
por Glória, esta querendo soprar depois ~~depois~~
de morder?

por reticências a frase ficaria aberta
ginações alheias e por ventura até sad
~~que~~ dou a vez.

Não, não se trata de palavras e sim d
inspira e expira, inspira e expira, n
Sinto-me obrigado a contar sobre
mulheres. É dever meu e não só
a vida. Sei também que há mi
em troca de um bom jantar.
pessoinha de que falo

de morrer? porque
sabe mas ~~…~~
sublima substitu
símbolo. Mas
hora de
ainda ~~não~~
~~Esperemos~~! Ag

horas em que a
pessoa nem se
precisando. Só que
~~gos~~ a morte por um
erá que já chegou a
lá? Ainda não sei,
consigo vislumbrar-
lemos.

de cansados vagos de leito e um
um subúrbio pululante de
notam que são substituíveis
~~e~~ Escrevo de um modo
material de que disponho e
informações sobre os personagens
dativos, informações que
é claro) que há a tentação de
outros esplendores

mais poro
falho de minha humildade
humildade — limito-me a
dessa nordestina numa cidade — Rio
porta contra ela. Esta deveria ter ficado no sertão de

Quando Macaé se
olhe no espelho
stão
e já jovem
~~e~~ com
ferrugem

campainha da porta: capim é tão fácil e simples.
(~~Ela já pensa~~ (Tinha pensamentos gratuitos e soltos
porque ~~tinha~~ ~~ali~~ ~~uma~~ possuía liberdade interior à toa ~~se tem que~~
~~inútil~~).
Atendeu a própria Madame Carlota que
a olhou com naturalidade e disse:

— O meu guia já tinha me avisado que
você vinha me ~~ver~~, minha queridinha. Como é seu
nome? Ah, é muito lindo. Entre, meu benzinho. Tenho
uma cliente na salinha dos fundos, você espera
aqui. Aceita um cafezinho, minha florzinha?

Macabéa sentou-se um pouco assustada porque
faltava-lhe antecedentes de tanto carinho e
bebeu, com cuidado pela própria frágil vida, o
café~~zinho~~ frio e quase sem açúcar. Enquanto isso
olhava com admiração e respeito a ~~la~~ sala onde
estava. Lá tudo era de luxo: matéria
plástica amarela nas poltronas e sofá, e até
flores de plástico. Estava boquiaberta:
plástico era o fino. Afinal saiu dos fundos
da casa uma moça com olhos vermelhos e
Madame Carlota mandou Macabéa entrar. Madame Carlota era enxundiosa, ~~e~~ pintava
a boquinha rechonchuda com vermelho
vivo e nas faces afogueadas ~~excessivamente~~ ~~brancas~~
~~pelo talco~~ punha duas rodelas de ruge
brilhoso. Parecia um boneco de louça
meio quebrado.

— Não tenha medo de mim ~~...~~ sua

ou
Uma sensação de perda
ou
Uma furtiva lacrima
ou
Ao som de um ~~lento~~ morno "blue"

Às vezes ela
pensava: sou
uma mentira.
Porque... porque
é impossível
que ~~[illegible]~~

...mero

45278
1º andar
3 5 m.
1
m Martins
dep.
Fil...

Minha alma tem
o peso da luz.
Tem o peso
da música.
Tem o peso da
palavra numa ~~[illegible]~~
dita, prestes quem sabe a ser dita.
Tem o peso de
uma lembrança. Tem
o peso de uma saudade.
Tem o peso ...

Pesa como
pesa uma
ausência
E a lágrima
que não se
chorou. Tem
o imaterial
peso da uma
solidão...

parafusos grande e pregos. E Macabéa, com medo que o silêncio significasse já uma ruptura disse ao recém-namorado:

— Tudo isso é lindo ~~[illegible]~~ eu gosto muito de parafusos e pregos e o senhor?

Ele não respondeu nada dando a primeira mostra de seu temperamento.

~~Da~~ Da segunda vez em que se encontraram caía uma chuva fininha que amedecia os ossos e que na cara de Macabéa parecia lágrima escorrendo, primeira amostra de que tudo não seriam risos.

Da terceira vez — pois não é que estava chovendo? O rapaz, perdendo o seu superficial verniz de finura que aprendera do padrasto disse-lhe irritado:

— ~~Você também~~ Você também só sabe é chorar!

— Desculpe.

Numa das vezes em que ele foi a seu ponto de ônibus, ela afinal perguntou-lhe o nome.

— Olímpico de Jesus Moreira Chaves — mentiu ele porque só era Olímpico de Jesus, sobrenome de quem não tem pai. O padrasto é que lhe ensinara o fino trato e como pegar mulher.

— Eu não compreendo o seu nome desculpe.

Ele lhe contou que soubera ter, sendo ~~assim~~ chamado ~~por um~~ de Olímpico nome de ~~batizado por um coronel~~ batismo que o correspondente padrinho lhe deu e depois explicara que Olímpico vinha de uns homens estrangeiros que corriam muito e muito e passavam de uma mão para a dos outros um archote de fogo que nunca deixava se apagar. Corriam para encontrar o quê? perguntou-lhe muito para a apreensão da narrativa. A primeira é que nada tenho a ver com ~~a~~ moça. Depois acrescento o seguinte: o relato é acompanhado do princípio ao fim por uma levíssima e constante dor de dente – coisa de dentina exposta. E mais: afianço que esta história é também acompanhada ~~pelo~~ por um violino ~~tocado~~ que um homem magro de terno puído toca bem na esquina. A cara do homem é ~~as~~ estreita ~~tão aguda e~~ e amarela como se ele tivesse morrido.

K

prometido demais e agora dar simples
e pouco. É ~~...~~ que é uma história tão
unicazinha e leve que mal a toco. Enfim
— aconteça o que acontecer, vou
agora mesmo a começar raras e pouco em
assim como é melhor tirem de mim para mim mesmo.
vez ~~súbita~~ e corajosamente na agora se fazer ~~...~~ palavras bruxas:
Assim meu comêço substantivos armados e
pelo meio dizendo no ar. Mas se eu transport
u outra ela não poderia
mais pouco. Assim humil-
trabalho de minha humildade
humildade — limito-me a
nordestina numa cidade, o Rio,
deveria ter ficado no sertão de
... e sem datilografia.

*

— ~~que~~ ela era inc

a vida

luxo. Batera na queda com a cabeça
na quina da calçada, caída, a cara voltada
para a sargeta, sangue inesperadamente
muito vermelho. O que queria dizer que
apesar de tudo pertencia a uma
resistente raça anã feroz que um
dia talvez viesse a reivindicar o
direito ao grito.

véspera de morrer, perdoai-me lembrar-vos porque quanto a mim não me perdoo a clarividência.

Um gosto suave, arrepiante, gélido e agudo como no amor. Seria esta a graça que o que vós chamais de Deus, oculto e poderoso, lhe dava à toa? Sim? ~~[illegible]~~ Era morrer na morte travava mulher. Não, não era morte, que não a quero para a moça: só um atropelamento ~~[illegible]~~ significava escolher desastre. Esforço de viver parece uma coisa que, se nunca experimentara, virgem que era, ao menos intuíra, pois só agora entendi que mulher nasce mulher desde o primeiro vagido. O destino de uma mulher é ser mulher. Intuíra o instante ~~de quase dor~~ quase doloroso e esfuziante do desmaio do amor. Sim, doloroso reflorescimento tão difícil que ela ~~[illegible]~~ empregava o corpo e a outra coisa que vós chamais de alma e que eu chamo de — Teme — ~~[illegible]~~

Ela disse uma frase que nenhum dos transeuntes entendeu. Disse assim, bem pronunciado e ~~[illegible]~~ claro:

— Quanto ao futuro.

Clarice Teme saudade do futuro? música tanto igual de palavras e palavras, sim, é assim. Nesta hora exata

sendo pela primeira vez vida [illegible]

entendo e só agora brotou-se-me o seu sentido secreto. O violino é um aviso. E sem entender sei que quando eu morrer vou ouvir o violino do homem. Quererei música mágica mudança. Macabéa: ave Maria cheia de graça, terra serena da promessa, terra do perdão. Ela pediu perdão? porque sempre se pede. Por quê? Resposta: é assim porque assim é. Sempre foi? sempre será. E se não for? mas eu estou dizendo que é. Pois.

Via-se perfeitamente que estava viva pelo piscar constante dos olhos grandes, pelo peito magro que se levantava e se abaixava em respiração cadenciada e calma. Mas quem sabe, ela estaria precisando morrer? pois há [illegible] momentos [illegible] a pessoa está

É!? É!. Pois. No entanto, ela

fora e sem deixar marca

pousou no chão. As ondas do ar

apagaram seu ~~Seu~~ vestígio de ser

Macabéa

(o que aconteceu com)

viu Olímpico e

Glória: ~~[illegible]~~ se

beijaram

(Olímpico / Glória)

G. B. [illegible] Barata Ribeiro 578 -

Quando Maca [illegible]

[illegible] em fuga [illegible]

Deu-se [illegible]

[illegible] - um [illegible]

muito distante [illegible]

(Glória) Pois não é que, sim, foi ~~convidada~~ convidada

Glória, está querendo soprar ~~de~~ de se morder?

~~Assim é. É?~~

É agora — agora só resta ~~acendo~~ acender um cigarro e ~~vai~~ para casa. É tempo de mais (?)

Ar ~~de uma~~ enérgico.

(Glória Macabéa)

— Me desculpe eu perguntar

Ser feia dói?

~~Sra. Clarice Lispector~~

— ~~Não~~, não ~~mesmo~~.

— Nunca pensei

mas acho que dói

um pouquinho. Mas

Depois da hora: seis ensaios sobre *A hora da estrela*

Extrema fidelidade

Hélène Cixous

Sempre sonhei com o último texto de um grande escritor. Um texto que seria escrito com as últimas forças, com o último alento. No último dia antes de sua morte, o escritor está sentado à beira da terra, seus pés estão leves no ar infinito, ele olha as estrelas. No dia seguinte o autor será uma estrela entre as estrelas, molécula entre todas as moléculas. O último dia é belo para quem o sabe viver, é um dos mais belos da vida. Nesse dia (eu deveria dizer nesses dias, pois o último dia bem pode ser muitos dias), vê-se o mundo com o olhar dos deuses: vou enfim tornar-me parte dos mistérios mundiais. Sentado à beira da terra, o autor já não é quase ninguém. As frases que vêm de seu coração a seus lábios estão livres do livro. São belas como a obra, mas jamais serão publicadas, e, ante a iminência do silêncio estrelado, elas aceleram-se, reúnem-se, e dizem o essencial. São adeuses sublime à vida; não luto, mas agradecimento. Como és bela, ó vida, dizem elas.

Um dia escrevi um livro que se intitula *Limonada Tudo era tão infinito.* – Era um livro de meditação sobre uma das últimas frases de Kafka, uma frase que ele inscreveu numa folha de papel, justo antes de sua morte.

Esta frase é: *Limonade es war alles so grenzenlos.*

Para mim isto é **O Poema**, o êxtase e a saudade, o coração de todo simples da vida.

As obras derradeiras são curtas e ardentes como o fogo que se eleva para as estrelas. Às vezes têm uma linha. São obras escritas com muita ternura. Obras de reconhecimento: pela vida, pela morte. Pois é também a partir da morte e **graças** à morte que se descobre o esplendor da vida. É a partir da morte que se lembram dos tesouros que a vida contém, com todos os seus infortúnios viventes e todos os seus gozos.

Há um texto que é como um salmo discreto, uma canção de graças à morte. Este texto se intitula *A hora da estrela.* Clarice Lispector escreveu-o quando ela já quase não era mais ninguém sobre a terra. Em seu lugar imenso, abria-se a grande noite. Uma estrela menor que uma aranha passeava ali. Essa coisa ínfima, vista de perto, mostrava-se uma criatura humana minúscula, que pesava talvez trinta quilos. Mas, vista a partir da morte, ou a partir das estrelas, era tão grande como qualquer coisa no mundo e tão importante como qualquer pessoa mais importante ou sem importância de nossa Terra.

Essa pessoa ínfima e quase imponderável se chama Macabéa: o livro de Macabéa é extremamente fino, tem a aparência de um pequeno caderno. É um dos maiores livros do mundo.

Este livro foi escrito com uma mão cansada e apaixonada. Clarice já tinha de certa maneira deixado de ser uma autora, de ser uma escritora. É o último texto, aquele que vem **depois**. Depois de todo livro. Depois do tempo. Depois do eu. Pertence à eternidade, a esse tempo de antes de depois do eu que nada pode interromper. A esse tempo, a essa vida secreta e infinita de que somos fragmentos.

A hora da estrela conta a história de um minúsculo fragmento de vida humana. Conta fielmente: minusculamente, fragmentariamente.

Macabéa não é (senão) uma personagem de ficção. É um grão de poeira que entrou no olho do autor e provocou um mar de lágrimas. Este livro é o mar de lágrimas causado por Macabéa. É também um mar de questões imensas e humildes que não demandam respostas: demandam a vida. Este livro se indaga: o que é um autor? Quem pode ser digno de ser o autor de Macabéa?

Este "livro" nos murmura: os seres que vivem numa obra não têm direito ao autor de que **têm necessidade**?

Macabéa tem necessidade de um autor muito particular. É por amor a Macabéa que Clarice Lispector vai criar o autor necessário.

A hora da estrela, a última hora de Clarice Lispector, é um pequeno grande livro que ama e que não sabe sequer seu nome. Quero dizer: nem seu título. Títulos, há-os treze ou catorze. Como escolher **um** título? No mundo de Macabéa, escolher é um privilégio reservado aos ricos. Escolher é um martírio para a criatura que jamais teve nada. E que pois não quer nada, e quer tudo.

Então *A hora da estrela* hesita. Um título equivale a outro. *A hora da estrela* intitula-se também: A culpa é minha – Ou – A hora da estrela – Ou – Ela que se arranje – Ou – O direito ao grito quanto ao futuro – Ou – lamento de um blue – Ou – Ela não sabe gritar – Ou – Assovio ao vento escuro – Ou – Eu não posso fazer nada – Ou – Registro dos fatos antecedentes – Ou – História lacrimogênia de cordel – Ou – Saída discreta pela porta dos fundos.

Uma criatura equivale a outra.

Outra? O outro! Ah! o outro, aí está o nome do mistério, aí está o nome do Tu, o desejado para quem Clarice Lispector escreveu – todos esses livros. O outro por amar. O outro que põe o amor à prova: como amar o outro, o estranho, o desconhecido, o absolutamente não eu? O criminoso, a burguesa, o rato, a barata? – Como uma mulher pode amar um homem? ou outra mulher?

Ela, *A hora da estrela*, vibra inteira de tais mistérios.

O que se segue é uma modesta meditação sobre esse livro que saiu dos livros para dirigir-se a nossos corações cambaleante como uma criança.

Agora vou mudar de tom, para falar um pouco mais friamente dessa centelha divina.

H. C.

(*A hora da estrela* é, pois, a história de uma pequena pessoa que deve pesar trinta quilos, uma habitante do **apenas**, uma nativa do **quase**. O que Clarice fez ali foi ir ao encontro do sujeito que, para ela, era o mais outro possível.) Imaginemos quanto a cada uma, cada um, que é o mais outro possível, a criatura que seria para nós a mais estranha possível, ainda que no interior da esfera do reconhecível (não falo dos marcianos, isso não me interessa), ou seja, a criatura terrestremente que seria **a mais estrangeira possível e que ao mesmo tempo nos "tocaria"**. Cada um tem seu estranho pessoal. Para Clarice era isso, um muito pequeno pedaço de vida, vindo do **Nordeste**. O Nordeste tornou-se tristemente célebre: nele se é feliz quando se come rato, é uma terra onde em nossos dias se morre de fome no Ocidente. Essa pessoa vem do lugar mais deserdado do mundo, e para Clarice tratava-se de trabalhar sobre o que era ser deserdado, ser sem herança, até ser sem nada, sem memória – mas não amnésico –, ser tão pobre que a pobreza está por todo o ser: o sangue é pobre, a língua é pobre, e a memória é pobre; mas nascer e ser pobre é como se se pertencesse a outro planeta, e desse planeta não se pode tomar um meio de transporte para vir ao planeta da cultura, da alimentação, da satisfação etc.

A "pessoa" que Clarice escolheu, essa quase mulher, é uma mulher quase não mulher, mas é de tal modo quase-não-mulher que talvez seja mais mulher que toda mulher. É de tal modo mínima, de tal modo ínfima, que está ao rés do ser, e portanto é como se estivesse em relação quase íntima com a primeira manifestação do vivente na terra; é, aliás, capim, e termina no capim, como capim. Enquanto capim, enquanto talo de capim, situa-se fisicamente, afetivamente, de todo embaixo na gênese, no começo e no fim. E pois mais que nós, que somos brancos e pesados, ela porta, ela mostra os elementos mais finos do que se pode chamar "ser-mulher", porque, como as pessoas extremamente pobres, ela é atenta e nos faz atentos às insignificâncias que são nossas riquezas essenciais e que nós, com nossas riquezas ordinárias, esquecemos e rejeitamos. Quando ela descobre um desejo ou um apetite, ou quando saboreia pela primeira vez na vida um alimento que para nós se tornou o menos apetitoso, o mais ordinário dos pratos, é para ela descoberta e maravilha extraordinárias. E seu maravilhamento devolve-nos as delicadezas perdidas.

Para chegar a falar o mais proximamente dessa mulher que ela não é, que nós não somos, que eu não sou, e que provavelmente, como conta Clarice em certo momento, ela teve de encontrar por acaso na rua indo ao mercado, foi preciso que Clarice fizesse um exercício sobre-humano de deslocamento de todo o seu ser, de transformação, de afastamento de si mesma, para tentar aproximar-se desse ser tão ínfimo e tão transparente. E o que fez ela para tornar-se suficientemente estranha? O que ela fez é ser o mais outra possível de si mesma, e isso resultou nesta coisa absolutamente notável: o mais outra possível era passar ao masculino, **passar por homem**. É uma démarche paradoxal. Assim, para aproximar-se dessa quase mulher, vê-se no texto que Clarice não fez a barba desde há algumas horas, não jogou futebol etc. Ela passa ao masculino, e esse masculino a empobreceu. Passar ao masculino é, sugere-nos ela, um empobrecimento, e, como toda operação de empobrecimento em Clarice, é um movimento bom, uma forma de ascetismo, de maneira de todo inteligível, um modo de refrear algo do gozo. Ademais, esse homem, por sua vez, se "monasteriza", se priva, se inclina. Ela dá de si – até explicações que fariam que a pobre Clarice fosse imediatamente queimada pelas feministas americanas. Ela diz a certa altura: ninguém pode falar de minha heroína, só um homem como eu pode falar dela, porque, se fosse "escritora mulher", poderia "lacrimejar piegas". Isso é cheio de humor, mas obriga a fazer perguntas. Eis que nos dizemos: talvez seja verdade que, paradoxalmente, é sendo, transformando-se em autor de barba (ele, aliás, tem sua personalidade, não é o autor dos *mass-media*, é alguém que está no fim da vida, que diz que já não lhe resta nada além da escrita), é enquanto extremidade de homem, enquanto ser despojado, que renuncia a todos os desfrutes, incluído o futebol, que Clarice encontra a distância mais respeitosa em relação a seu pequeno talo de mulher. E perguntamo-nos: Por que tal não teria sido possível enquanto mulher? Eu respondo em lugar de Clarice, mas não mo permito senão após uma longa meditação. Uma mulher talvez tivesse tido piedade: o "lacrimejar piegas" (essa é uma admirável questão de época), e a piedade não tem que ver com o respeito. Para Clarice o valor supremo é o sem-piedade, mas um sem-piedade cheio de respeito. Nas primeiras páginas, diz que ela tem o direito de ser sem piedade. A piedade é deformante, é paternalista ou maternal, cobre, recobre, e o que quer fazer Clarice aqui é deixar nu esse ser em sua grandeza minúscula.

Mas – dou um passo suplementar – eu engano como Clarice ao dizer-lhes o que lhes digo: sim, um homem que não se barbeasse, que estivesse no fim da vida, ao qual não restasse senão a escrita, que não tivesse nenhuma ambição mundana, que não tivesse senão amor – (é preciso encontrar tal homem) – poderia estar seguro dessa posição de sem piedade. Sucede apenas que tal homem é Clarice, e ainda assim – é seu gênio – ela o diz: o texto abre-se com esta famosa dedicatória, onde se lê, no prefácio:

DEDICATÓRIA DO AUTOR
(Na verdade Clarice Lispector)

Após isso, a dedicatória começa sob o signo das músicas:

Pois dedico esta coisa aí ao antigo Schumann e sua doce Clara que são hoje ossos, ai de nós. Dedico-me à cor rubra e escarlate como o meu sangue de homem em plena idade e portanto dedico-me a meu sangue. Dedico-me sobretudo aos gnomos, anões, sílfides e ninfas que me habitam a vida. Dedico-me à saudade de minha antiga pobreza, quando tudo era mais sóbrio e digno e eu nunca havia comido lagosta. Dedico-me à tempestade de Beethoven. À vibração das cores neutras de Bach. A Chopin que me amolece os ossos. A Stravinsky que me espantou e com quem voei em fogo. À “Morte e Transfiguração”, em que Richard Strauss me revela um destino? Sobretudo dedico-me às vésperas de hoje e a hoje, ao transparente véu de Debussy, a Marlos Nobre, a Prokofiev, a Carl Orff, a Schönberg, aos dodecafônicos, aos gritos rascantes dos eletrônicos – a todos esses que em mim atingiram zonas assustadoramente inesperadas, todos esses profetas do presente e que a mim me vaticinaram a mim mesmo a ponto de eu neste instante explodir em: eu.

Temos aí os signos e as advertências: “o autor (na verdade Clarice Lispector)”. Esse texto tem por autor uma pessoa que se apresenta prudentemente na terceira pessoa entre aspas – pois o autor não é simples –, não há, aliás, verdadeiro autor, não há autor senão suspenso entre “ ”; Quanto a Clarice Lispector, é a verdade desse autor, mas, como toda verdade, é secreta e incognoscível. Sabe-se somente que ela está aí, como o coração dentro do peito, ouvimo-la bater a medida da vida e ela se chama “verdade Clarice Lispector”. A verdade de Clarice Lispector. (Nesse parêntese se abriria, aliás, outro parêntese, no qual se pressentem gnomos, sílfides, sonhos, cavalos, criaturas de diversas espécies.)

O que ela nos diz aí é um dos grandes mistérios de nossa existência, e este mistério está sempre bem oculto na vida real, porque estamos todos distribuídos no palco da vida em homens e em mulheres, e nos tomamos por homens ou por mulheres. Ora, Clarice diz mais adiante, nesse texto, ao “nomear-se”: Eu, “Rodrigo S. M.”, posso chegar a amar essa moça. Quanto à “moça”, ela ganha nome mais adiante, quando chega como capim, muito lentamente. Eu, “Rodrigo S. M.”, sou em verdade Clarice Lispector, posta entre parênteses, e só o autor “(na verdade Clarice Lispector)” pode aproximar-se desse começo de mulher. Essa é a impossível verdade, é **a indizível, a indemonstrável verdade**, que não pode dizer-se senão entre parênteses, com muitas camadas de seres, um trabalhando o outro; impossível verdade que não pode justificar-se diante de um tribunal filosófico, que não pode ultrapassar o limite dos discursos monológicos, ou das imaginações mass-mediatizadas. Essa é a verdade que bate como um coração, no parêntese da vida. E é o nosso problema: ou vós o compreendeis, ou não o compreendeis. Ou, ou: Há dois universos, e esses dois universos não se comunicam um com o outro. Ou vós o sentis, ou não o sentis. Como diz Clarice no fim de sua dedicatória, e como diz amiúde:

> Não se pode dar uma prova de existência do que é mais verdadeiro, o jeito é acreditar: acreditar chorando.

Ou se acredita chorando, e nesse momento se pode habitar no mundo onde o ser feminino e o ser masculino estão juntos, se dão, se acariciam, se respeitam, são de todo incapazes de ter o discurso da descrição exata de suas diferenças, senão que as vivem, e onde – como no-lo diz a entrada desse texto – ser masculino e ser feminino se entendem (não posso dizer "se compreendem", porque não se compreendem), é porque há o feminino, há o masculino, em um e no outro. Há evidentemente pontos de conjunção, o que não quer dizer de identificação.

Foi para evocar esse mesmo mistério que eu trabalhara sobre o *Tancredo* de Rossini. O que tinha me interessado no *Tancredo* de Rossini, e em toda a linhagem dos Tancredos, era o mistério não revelado, que não se apresenta com suas provas, mas que se dá a ouvir chorando, da existência de um personagem que é tanto mais homem quanto mais é mulher, porque ela é mais homem quanto mais ele é mulher... Isso é mais fácil de fazer na música que na escrita, porque a música não está submetida como o texto aos temíveis imperativos da língua, que nos obrigam a construir frases com uma gramática correta, atribuindo gêneros como devido; pedem-se contas a quem escreve. Há que dizer que é na escrita poética que algo da vida misteriosa e irrefreável pode produzir-se, numa subversão da gramática, numa livre atitude no interior da língua, com a lei dos gêneros. No espaço de nossa busca, falamos sempre em termos de economias libidinais por comodidade. Para distinguirmos funcionamentos vitais, distinguimos duas economias libidinais principais; mas elas não se distinguem dessa maneira decisiva na realidade, onde há traços que se apagam, que se mesclam. Podem-se ainda assim distinguir, num primeiro momento, estruturas – não digo aqui nada novo –, que se encontram em ação nas sociedades. Tais economias, trabalhamo-las ali onde me parecia que era mais fácil, mais agradável trabalhar, tomando-as no momento em que elas são mais visíveis: no momento do que chamei **educação libidinal**. Trabalhamos sobre um conjunto de textos que pertencem ao que se pode chamar literatura de aprendizagem, os *Bildungsroman*, e todos os textos – e há muitos deles porque a literatura é afinal seu país – que contam o desenvolvimento de um indivíduo são história, a história de sua alma, a história de sua descoberta do mundo, das alegrias e das proibições, das alegrias e das leis, sempre em busca da primeira história de todas as histórias humanas, a história de **Eva e da maçã**. A literatura mundial abunda em textos de educação libidinal, porque todo escritor, todo artista é levado mais cedo ou mais tarde a trabalhar sobre a gênese de seu próprio ser artista. É o texto supremo, aquele que se escreve virando-se para voltar ao lugar em que está em jogo o ganhar ou perder a vida. As opções são de todo simples, trata-se da maçã: comê-la ou não. Entrar-se-á ou não em contato com o interior, a intimidade do fruto?

Eu trabalhara muito sobre as **cenas primitivas**. Será que o delicioso Percival da Busca do Graal vai desfrutar de sua refeição maravilhosa, ou não? Nessas histórias, joga-se, para mim de todo modo, a sorte da **economia dita "feminina"**. Digo também economia "feminina" a propósito de Percival porque não a atribuo às mulheres como apanágio; podem-se encontrar essas duas economias em qualquer indivíduo. **Por que "feminina"?** É a velha história; porque, apesar de tudo, desde a Bíblia e desde as bíblias, somos distribuídos em descendentes de Eva e em descendentes de Adão. Foi o Livro o que escreveu esta história. O Livro escreveu que a pessoa que teve de tratar da questão do gozo foi uma mulher, foi a mulher; provavelmente porque é justamente uma mulher, que no sistema desde sempre cultural passou por esta prova, à qual em seguida homens e mulheres se submetem. Toda entrada de vida se encontra **diante da Maçã**. O que chamo "feminino" e "masculino" é a relação ao gozo, a relação ao investimento, porque nós nascemos na língua, e porque eu não posso fazer senão encontrar-me diante das palavras; não é possível desembaraçar-se delas, elas estão aí. Seria possível mudá-las, seria possível pôr signos em seu lugar, mas eles se tornariam também fechados, tão imóveis e petrificantes como as palavras 'masculino' e 'feminino', e nos constituiriam a lei. Então não há nada que fazer, e é preciso sacudi-las como a maçãs, o tempo todo.

"Economia dita F.", "economia dita M.", por que distingui-las? Por eu guardar palavras de todo traiçoeiras, temíveis e fazedoras de guerra? É aí que se preparam todas as armadilhas. Eu dou-me os direitos dos poetas, senão não ousaria falar. O direito dos poetas é o de dizer algo e dizer em seguida: acreditai-o se quiserdes, mas acreditai-o chorando; ou então o de apagar, como fez Genet, dizendo que todas as verdades são falsas, que só as verdades falsas são verdadeiras etc.

Para definirmos as zonas de comportamento libidinal, afetivo, onde se exercem tais inclinações de estruturas, tomemos a **cena da maçã**. Esta cena sempre me impressionou porque todos os seus elementos que se tornaram ilegíveis de tanto que se tornaram familiares são interessantes. A primeira fábula de nosso primeiro livro é uma fábula cuja meta é a relação com a lei. Há dois elementos principais, duas grandes marionetes: a palavra da Lei ou o discurso de Deus e a Maçã. É um combate entre a Maçã e o discurso de Deus. Tudo isso se desloca nesta pequena cena diante de uma mulher. O Livro começa **Diante da Maçã**: no começo de tudo há uma maçã, e esta maçã, quando ele fala dela, diz que é um-fruto-que-não. Há maçã, há a lei. É o começo da educação libidinal, é aí que se começa a fazer a experiência do **segredo**, porque a lei é incompreensível. Deus diz: se provares do fruto da árvore do conhecimento, morrerás. É totalmente incompreensível. Que mina de trabalho para os teólogos e os filósofos, porque para Eva "morrerás" não quer dizer nada, porque ela está no estado paradisíaco, onde não há morte. Ela recebe o discurso mais hermético de todos, o discurso absoluto.

Vamos reencontrá-lo na história de Abraão, que recebe de Deus uma ordem que pode também parecer incompreensível, salvo que Abraão obedece, sem pergunta. É a experiência do segredo, é o enigma da maçã, dessa maçã que é investida de todos os poderes. E o que nos é contado é que o conhecimento poderia começar pela boca, pela descoberta do gosto de algo: conhecimento e gosto juntos. O que aí se joga é o mistério que é assestado pela lei, a qual é absoluta, verbal, invisível, negativa, é um golpe de força simbólico, e sua força é sua invisibilidade, sua inexistência, sua força negadora, seu "não". E, em face da lei, há a maçã que ela é, é, é. É o combate entre a presença e a ausência, entre uma ausência não desejável, não verificável, indecisa, e uma presença, uma presença que não é tão somente uma presença: a maçã é visível e pode ser levada à boca, ela é cheia, tem um **interior**. O que Eva vai descobrir em sua relação com a realidade simples é o interior da maçã, e esse interior é bom. Esta história nos conta que a gênese da mulher passa pela boca, por certo gozo oral, e pelo não medo do interior.

Se tomais a famosa fábula de Kafka **Diante da lei**, o pequeno homem do campo, que é parcialmente "feminino", não entra no interior. Não sabemos, aliás, se há um interior. Em todo caso, há uma proibição com respeito ao interior que é absoluta. O interior, de certa maneira, não existe, porque o homem, permanecendo diante da lei, está de fato na lei. Assim, diante e em são semelhantes.

De modo impressionante, o livro de sonhos mais antigo para nós conta-nos à sua maneira – mas podemos lê-lo à nossa – que Eva não teve medo do interior, nem do seu nem do outro. Eu avançaria que a relação ao interior, à penetração, ao toque do dentro é positivo. Evidentemente Eva é punida, mas este é outro assunto, é o assunto da Sociedade. Ela, naturalmente, é punida porque tem acesso ao gozo; e, naturalmente, a relação positiva ao interior é algo que ameaça a Sociedade e que deve ser regulada. É aí que começa a série dos: tu-não-entrarás. Que haja na origem uma cena de gozo que toma essa forma não é nada. É um jogo e não é um jogo. Encontrá-lo-emos em todas as mitologias, em todas as literaturas.

E eu encontro-o na *Busca do Graal* com Percival. É por isso que é interessante ler os textos portadores de um inconsciente bem indiferente às leis, ainda que a lei capture sempre o inconsciente selvagem. Percival é antes de tudo um filho de mulher, não tem pai, é um rapaz deixado em estado selvagem, é da parte do desfrute, da felicidade. Depois vai educar-se, tornar-se cavaleiro, ser coberto por uma armadura, falicizar-se, tomar espada, ao fim de uma série de provas. Uma das cenas principais e decisiva de toda a história de Percival é ainda a história de Eva e da maçã. Percival, filho de mulher, chega ao palácio do Rei Pecador, rei privado do uso do caminhar, rei muito hospitaleiro e castrado. Percival é convidado a uma refeição suntuosa durante a qual ele desfruta de todos os bons alimentos que são servidos. No entanto, passa um desfile de serventes que carregam pratos esplêndidos e os levam a outra sala. Percival fica fascinado por esse cortejo, morre de vontade de perguntar o que se passa. Mas seu educador lhe dissera: tu és selvagem, não tens boas maneiras, mas deves saber que na vida não-se-devem-fazer-perguntas. E Percival continua a ver uma lança passar, na ponta da lança sangue goteja e cai. E durante esse tempo intervém o relato: "mas então, Percival, tu vais fazer perguntas. Estás cometendo um pecado terrível, e vais ser punido." O leitor angustiado encontra-se entre o relato e o herói. E Percival não faz nenhuma pergunta. A refeição termina, o castelo desaparece num relâmpago como num conto de fadas, e Percival encontra uma virgem que lhe diz – até então ele não tinha nome: agora tu te chamas Percival. Percival cometeu um pecado terrível, ele teria devido perguntar o que se servia daquela maneira, e porque não o perguntou é punido; é condenado pelo crime (que crime?) que cometeu e cujas consequências imediatas são catastróficas. Ele teria podido salvar o Rei Pecador, esclarece-nos o relato, ele teria podido salvar o universo, mas tudo se acabou. Lendo esse texto, fui tomada de furor, dizendo-me: isso não é justo. Não vejo por que, e Percival não o vê, por que é punido, porque não fez nada. E damo-nos conta de que se está completamente no mundo da lei que não tem nome nem figura, que tem por "propriedade" estranha o ser inteiramente negativa. É como se o texto vos dissesse que estais condenados a estar na lei, e que vós não pudésseis fazer de outro modo. E, ao mesmo tempo, sendo o texto um texto poético, faz parte do mundo da inocência e do mundo do gozo. Enquanto a lei trama, Percival é extremamente feliz, come coisas extraordinárias, usufrui tanto quanto pode. E bruscamente ele cai, não, caiu no outro mundo, o mundo da lei absoluta, que não dá suas razões. Por definição indefinível, é isto a lei: o puro antigozo. O que fez que Percival tivesse tido tal queda é que é um filho de mãe, foi educado na floresta, ainda está cheio do leite de mulher. Até quando ele for tão violentamente "circuncisado" como doravante, ele tem cuidado com seus pedaços de homem.

A relação ao gozo e à lei tem resposta do indivíduo, resposta a essa relação antagônica e estranha que designa que se seja homem ou mulher, diferentes caminhos de vida, não é o sexo anatômico o que os determina no que quer que seja. É, ao contrário, a história de que jamais se sai, a história individual e coletiva, o esquema cultural e a maneira como o indivíduo negocia com esses esquemas, com esses dados, se adapta e reproduz, ou contorna, supera, ultrapassa, atravessa – há mil fórmulas – e encontra ou não encontra jamais um universo eu diria "sem medo nem reproche". Sucede que culturalmente as mulheres teriam mais chance de encontrar um acesso ao gozo, por causa da divisão cultural, política dos sexos, a qual se funda na diferença sexual, no uso do corpo pela sociedade e no fato de que é muito mais fácil infligir aos homens o horror do interior que às mulheres. Virtualmente ou realmente todas as mulheres têm, como quer que seja, uma experiência do interior, uma experiência da capacidade de outro, uma experiência da alteração não negativa pelo outro, da boa receptividade.

Se nos resignamos a guardar palavras como feminino e masculino, é porque há em algum lugar um ponto de ancoragem numa realidade distante. Mas eu creio que é preciso aligeirar ao máximo essa herança. Tentemos o mais rapidamente possível abandonar as distinções binárias, que jamais têm algum sentido.

Que se pode atribuir como traços descritivos a essas economias? Consideremos nossos comportamentos na vida com os outros, em todas as experiências maiores que encontramos, que são as experiências de separação; as experiências, no amor, de posse e de perda de posse, de incorporação e de não incorporação, as experiências de luto, de luto real, todas as experiências que são regradas por comportamentos, economias, estruturas variáveis. Como perdemos? Guardamos? Lembramos? Esquecemos?

O maior respeito que tenho por qualquer obra no mundo é o que tenho pela obra de Clarice Lispector. Ela tratou como ninguém, a meu ver, todas as posições possíveis de um sujeito com relação ao que seria "apropriação", uso e abuso do próprio. E isso nos detalhes mais finos e mais delicados. Aquilo contra o que seu texto luta sem cessar, em todos os terrenos, os mais pequenos e os mais pequenos grandes, é o movimento de apropriação: mesmo quando parece o mais inocente, permanece totalmente destrutivo. A piedade é destrutiva, o amor mal pensado é destrutivo; a compreensão mal medida é aniquiladora. Pode dizer-se que a obra de Clarice Lispector é um imenso **livro do respeito, livro da boa distância**. E essa boa distância não se pode obter, como diz ela o tempo todo, senão por um árduo trabalho de deseuização, um árduo trabalho de desegotização. O inimigo para ela é o eu cego. Ela diz, por exemplo, em *A hora da estrela*:

A ação desta história terá como resultado minha transfiguração em outrem e minha materialização enfim em objeto. Sim, e talvez alcance a flauta doce em que eu me enovelarei em macio cipó.

Pode dizer-se que isso não é senão metáfora, mas é o sonho de todo autor chegar a tal configuração, a tal afastamento que ele converte em cipó. É uma maneira de lembrar que o eu não é senão um dos elementos do imenso material, e um dos elementos assombrado pelo imaginário.

Outro momento absolutamente admirável:

Embora queira que para me animar sinos badalem enquanto adivinho a realidade. E que anjos esvoacem em vespas transparentes em torno de minha cabeça quente porque esta quer se transformar em objeto-coisa, é mais fácil.

Volta sem cessar a lembrança disso que sabemos em forma de clichê: que somos pó. Que somos átomos. E, se não esquecêssemos que somos átomos, viveríamos e amaríamos diferentemente. Mais humildemente, mais vastamente. Amando os "tu és" do mundo, igualmente. Sem projeto.

A hora da estrela: "Dedicatória"

O que passa imediatamente de forma fulgurante nesta dedicatória, além da "verdade" que está entre parênteses: Clarice Lispector, é o: "Dedico-me". Há primeiramente: "dedico **esta coisa aí** ao antigo Schumann". Diz-se que isto deve ser o livro. Mas a frase seguinte dedica "me": "**Dedico-me à cor** rubra de meu sangue." Dito de outra maneira, "esta coisa aí" que é o livro é "me". E eis já o caminho das metamorfoses: "Dedico-me aos gnomos, anões, sílfides e ninfas que me habitam a vida." Não se tem necessidade de outra coisa que esta página para substituir todos os discursos que eu poderia fazer, o que todos os textos analíticos poderiam fazer sobre a composição do sujeito e a indizibilidade do gênero.

Esse eu que é vós pois não ser apenas mim, preciso dos outros para me manter de pé, tão tonto que sou, eu enviesado, enfim que é que se há de fazer senão meditar para cair naquele vazio pleno que só se atinge com a meditação. Meditação não precisa de ter resultados: a meditação pode ter como fim apenas ela mesma. Eu medito sem palavras e sobre o nada. O que me atrapalha a vida é escrever:

E – e não esquecer que a estrutura do átomo não é vista mas sabe-se dela. Sei de muita coisa que não vi. E vós também. Não se pode dar uma prova de existência do que é mais verdadeiro, o jeito é acreditar: acreditar chorando.

Leio isso e digo-me que é terrível que passemos meses preciosos de nossa existência a tentar dar "provas", a cair na armadilha da interpelação crítica, a deixar-nos levar ao tribunal para ouvir-me dizer: dá-nos provas, explica-nos o que é a escrita feminina ou a diferença sexual. E, se se fosse mais corajoso do que sou, dir-se-ia: danem-se as provas, eu vivo. Eu não sou tão tranquila a não ser quando escrevo. E, quando escrevo, digo-me: isto não basta, é preciso fazer outra coisa. No entanto, é verdade que o mais verdadeiro é assim: ou vós sabeis sem saber, e esse saber que não sabe é um fulgor de alegria que o outro comparte convosco, ou não há nada. Jamais se conseguirá converter alguém que já não esteja convertido. Jamais se tocará o coração que está situado em outro planeta. Eu já não faria seminário se soubesse que um mundo suficientemente vasto lia Clarice Lispector. Há alguns anos, quando comecei a difundi-la, eu me disse: não vou mais fazer seminário, basta lê-la, tudo está dito, é perfeito. Mas tudo foi reprimido como de hábito, e ela até foi transformada de maneira extraordinária, embalsamada, foi empalhada como burguesa brasileira de unhas pintadas. Então eu continuo a acompanhá-la com uma leitura que vela. Os textos de Clarice contam histórias à sua maneira, são "fatos" como ela diz, são momentos, instantes, agoras da vida, que põem em jogo constantemente dramas. Não tragédias teatrais, mas dramas da vida. Pode chamar-se assim ao que aí se convulsa, o que busca manifestar-se, efetuar-se. Há toda uma série de textos que trabalham sobre a questão do ter, de **saber ter o que se tem**. Esta é uma das coisas mais difíceis do mundo, porque, pobres humanos que somos, nem bem temos, já não temos. Somos amiúde como "a mulher do pecador", do conto que infelizmente é presa do demônio do ter, do ter-cada-vez-mais: ela jamais tem nada do que ela tem; ela quer o degrau seguinte até à passagem ao infinito, que volta a zero. Ter o que se tem é a chave da felicidade. Nós temos, em geral, nós temos muito, mas, porque temos, já não sabemos que temos.

Como fazer para ter o que se tem? Nós trabalhamos sobre um pequeno texto maravilhoso de Clarice Lispector que se chama "Felicidade clandestina": é uma história de infância, um pequeno drama magnífico em algumas poucas páginas. Há duas meninas. Uma é Clarice pequena. Ela tem uma amiguinha cujo pai é dono de livraria, razão por que esta se sente certamente no paraíso. Mas por acaso, é assim na vida, a filha do livreiro é uma pestinha. Ela diz a Clarice que lhe vai emprestar um livro extraordinário e enorme. E a faz caminhar durante semanas dizendo-lhe: venha à minha casa, e lho darei. Clarice atravessa a cidade numa felicidade absoluta, chega, a vilãzinha ruiva lhe abre a porta, e toda vez lhe diz: não está comigo, volte na próxima semana etc. Clarice cai do céu da esperança [*ciel de l'espérance*], o *espéranciel*. E toda vez é o processo da queda no abismo e da saída do processo para novo elã extraordinário da felicidade que volta. Clarice inalteravelmente retorna à porta, até que um dia a mãe da menina vilã presencia a cena, e descobre o mecanismo de ódio que se dava ali. A mãe dilacera-se pela descoberta da maldade da filha, mas, mãe de todas as meninas do mundo, faz imediata reparação. Exige que o livro seja emprestado. E, mais ainda, acrescenta Clarice, diz a mãe: "E você fica com o livro por quanto tempo quiser." Dá-lhe o sem-fim desse livro. Mas, a partir do momento em que pode dispor desse livro sem fim, então a corrida através da cidade, o desejo, tudo o que foi felicidade torturada lhe vai escapar, porque ela tem tudo, e para sempre, mas com um limite: não se lhe deu o livro, emprestou-se-lhe por quanto tempo ela quisesse. E é esta a moral da história: seu ele é por quanto tempo você tiver força para querê-lo. E aí Clarice inventa os meios maravilhosos, mágicos, os meios da borda, para que esse "por tanto tempo quanto" seja interminável. Ela tem o livro; como fazer para 'tê-lo'? Eis que ela começa a desfrutar do que ela tem e já não do que ela deseja, e então ela faz palpitar o ter, põe-se a pô-lo em jogo, a fazê-lo mexer-se ligeiramente, a fazê-lo vibrar, e por uma como intuição fabulosa ela não o consome, não o devora: começa por preparar um pão com manteiga, vai e vem entre a cozinha e o livro, o pão com manteiga e o pão com manteiga textual que ela não devora, e em seguida conta que se senta na rede com o livro aberto no colo, o qual ela embala literalmente, que ela não o lê, não ainda, e em seguida ela volta. Ela encontrou todas as artimanhas mais profundas, mais delicadas, mais finas, para continuar a ter eternamente o que ela tem. Chama a isso: "felicidade clandestina". Onde a felicidade não pode ser senão clandestina, será sempre clandestina, a felicidade é para si mesma seu próprio segredo, é preciso saber que não se pode ter senão se se tem um saber-ter que não destrói, que não possui, preserva.

O segredo é: lembrar-se a cada instante da graça que é ter.

Guardar no ter a leveza arquejante do esperar ter. Ter justo após não ter tido. Ter sempre em si a emoção de por pouco não tido. Pois ter é sempre um milagre.

E no ter encontrar sem cessar a surpresa do receber.

Nos textos de Clarice Lispector, encontram-se todas as lições de saber, mas de saber viver, não de saber-saber. Um dos primeiros saberes é aquele que consiste em saber não saber, não só em não saber, mas em **saber não saber**, em não deixar-se encerrar num saber, em saber mais e menos que o que se sabe, em saber não compreender, sem jamais situar-se aquém. Não se trata de não ter compreendido nada, mas de deixar-se encerrar na compreensão. Toda vez que se sabe algo, é em verdade uma marcha. É preciso em seguida lançar-se ao não saber, marchar no escuro, com "uma maçã na mão" (*A maçã no escuro*: título de um livro de Clarice Lispector), caminhar no escuro tendo na mão, como a uma vela, uma maçã.[1*]

Encontrar a maçã às apalpadelas no escuro é a condição da descoberta, é a condição do amor. Como diz Clarice em *A legião estrangeira*: "Porque não sei fazer nada e porque não me lembro de nada e porque é de noite – então estendo a mão e salvo uma criança." Então eu traduzo: eu só posso salvar uma criança se se cumprem duas condições: uma não é senão a condição da outra: a condição de não a preceder, a condição de não saber mais que ele ou ela; não ter a grande memória pesada e velha que

1 * Ver o mundo com os dedos: não é isso, aliás, a escritura por excelência?

vai esmagar a jovem memória em amadurecimento da criança. É somente a partir de minha noite que posso estender a mão.

Em *A legião estrangeira* há uma história sem piedade que se passa entre Clarice adulta e uma menina que mora em seu edifício e se chama Ofélia. Essa menina "se convida" ao apartamento de Clarice, é já uma mocinha, é já senhora de si, é imperiosa, autoritária, pretende ensinar Clarice: não deveria ter comprado isso, não deveria ter feito isso; há uma sorte de inversão de papéis, até que um dia a mocinha se torna moça como num passe de mágica. Um dia Ofélia ouve um piado na cozinha, é um piado de pinto. Pela primeira vez algo a precede, ela foi pega de surpresa. Clarice vê nos olhos de Ofélia um terrível drama: ela foi atingida pela primeira vez pela flecha torturante do desejo. Ela luta como em agonia contra a dor desse desejo, não tem vontade de entrar nesse mundo ferido, o mundo de amor e de estar à mercê do outro. É em seu corpo defendido que se faz a descoberta do que pode representar como abertura ao outro, como possibilidade de ser ferida, alterada, o desejo. Finalmente ela sucumbe, não pode impedir-se de ver o desejo subir, mas ela não quer mostrá-lo a Clarice. Segue-se uma série de manobras da moça. Então se dá uma cena admirável: Clarice compreende tudo o que se passa, e pergunta-se como fazer para dar à moça o pinto, porque vê que ela morrerá se não o tiver. Mas não pode dar-lho, porque a moça, altiva, rígida de recusa, o coração fechado, se encontraria na posição de alguém que recebeu um dom, e que portanto se veria em dívida. Todos os mecanismos mais simples, mais elementares, mais terríveis, do dom e da dívida, da troca, da graça, dão-se ali: Clarice não pode dar-lho sem que o dom se inverta e reverta.

Se a moça deve dizer obrigada, não terá nada. Assim, a única maneira de conseguir dar-lhe o pinto é deixá-la tomar: que Clarice se apague, que ela, que está em posição de mãe simbólica, se retire de tal modo que a criança se possa beneficiar de algo como dado por Deus, por ninguém, que ela não esteja de maneira alguma numa relação de dívida. A moça termina por ir à cozinha sem que Clarice esteja lá. O texto registra um imenso silêncio, a moça volta, Clarice precipita-se para a cozinha e encontra morto o pinto. Compreende-se nessa cozinha o drama do dom e da dívida, nosso drama cotidiano, o drama em que estamos imersos nós, que tão amiúde somos vítimas da estrutura da dívida. O inelutável desta cena! Clarice terá dado à moça o pinto exatamente como ela o podia, nem mais nem menos. E a moça está em estado de não poder possuir o pinto senão perdendo-o no momento em que o tem. O pinto é demasiado para ela, e todavia ela o teve tanto mas tão pouco quanto podia. No entanto, Clarice a deixou tomar tanto quanto podia e, portanto, até à perda total.

Em *A paixão segundo G. H.*, chega-se após longo caminho a esta frase de Clarice:

Agora preciso de tua mão, não para que eu não tenha medo, mas para que tu não tenhas medo. Sei que acreditar em tudo isso será, no começo, a tua grande solidão. Mas chegará o instante em que me darás a mão, não mais por solidão, mas como eu agora: por amor. Como eu, não terás medo de agregar-te à extrema doçura enérgica do Deus. Solidão é ter apenas o destino humano.

E solidão é não precisar.

Ouvi bem, pois aí está verdadeiramente a definição mais bela, mais nobre, de certa economia que eu me deixaria dizer que é "feminina":

Não precisar deixa um homem muito só, todo só. Ah, precisar não isola a pessoa, a coisa precisa da coisa [...].

Ah, meu amor, não tenhas medo da carência: ela é o nosso destino maior. O amor é tão mais fatal do que eu havia pensado, o amor é tão inerente quanto a própria carência, e nós somos garantidos por uma necessidade que se renovará continuamente. O amor já está, está sempre.

O que ela está estabelecendo aqui, neste hino à carência, é algo que surpreenderia muitos teóricos da falta, é a economia da boa falta: sobretudo que não nos falte falta.

O amor é tão mais fatal [...]. O amor já está, está sempre.

[...] E também o milagre se pede, e se tem, pois a continuidade tem interstícios que não a descontinuam, o milagre é a nota que fica entre duas notas de música, é o número que fica entre o número um e o número dois. É só precisar e ter.

Basta ter necessidade e se tem. Basta não ter medo de ter necessidade e se tem. Basta não fazer como a pequena Ofélia, que teve medo de ter necessidade e que saltou de uma vez para a cena da castração.

"O amor já está." Está aí. Precede-nos como o poema precede o poeta.

"Falta apenas o golpe da graça – que se chama paixão." É a economia do reconhecimento. Basta viver e se tem. Outra maneira de dizer à maneira de Clarice: a fome é a fé.

Mas Kafka, na mesma extremidade da vida, diz isto: "*Man kann doch nicht nicht-leben.*" "Não se pode todavia não viver." É o modelo da economia da dupla impotência. No fim da vida, e diante da morte, Kafka e Clarice Lispector perguntam-se como cumprir a verdade de nosso ser humano.

Clarice está da parte do sim: "Basta viver, e por si mesmo isto resulta na grande bondade", toda pessoa que aceita viver é boa, toda pessoa que é reconhecedora do viver é boa e faz o bem: é isso a santidade segundo Clarice Lispector. É uma santidade modesta na outra margem do viver. Kafka diz: "*Dass es uns Glauden fehle, kann man nicht sagen.*" "Não se pode dizer que nos falte a fé." Está-se no discurso negativo. Tudo está aí: a fé, a falta, a necessidade, a vida, mas tudo é tomado no não. É uma resignação, não uma exaltação da existência.

Dass es uns na Glauden fehle, kann man nicht sagen. Allein die einfache Tatsache unseres Lebens ist in ihrem Glaubenswert gar nicht auszuschöpfen.

Não se pode dizer que nos falte a fé. O simples fato de que vivemos é dotado de um valor de fé.

E acrescenta, justamente: "*Hier wäre ein Glaubenswert?*" "Seria isso um valor de fé?" E ele responde, porque é um ser dividido: "*Man kann doch nicht nicht-leben. Eben in diesem, 'kann doch nicht' steckt die wahnsinnige Fraft des Glaubens; in dieser Cerneinung bekommt sie Gestalt.*" "É justamente nesse 'não pode todavia' que reside a força louca da fé; nessa negação ela toma forma."

É o contrário, no mesmo lugar de meditação, da fé de Clarice: chegar a pensar que a solidão é não precisar, que precisar é já romper a solidão, é a maior lição de humildade.

Essas posições de humildade e de não humildade comportam estilos, comportam escritas. Eu distinguira duas espécies de escritas: uma a que chamara (em eco ao título do texto de Clarice *Água viva*) **estilo da água viva**, e onde a sede é já, ela mesma, o que dessedenta, porque ter sede é já dar-se de beber. O estilo de *Água viva* resulta em obras que são como um curso de sangue ou de água, que são cheias de lágrimas, cheias de gotas de sangue ou de lágrimas transformadas em estrelas. Feitas de frases que escorrem em paralaxe luminosa.

No entanto, a partir das mesmas análises, das mesmas visões do mundo, mas vividas diferentemente, ter-se-á o estilo marcado pela dor da redução, o estilo do "homem" que estaria à mercê das cenas de castração – o que dá formas secas, despojadas, marcadas de negativo, e cujos exemplos mais impressionantes são os de Kafka e de Blanchot.

Se volto a "homens" e "mulheres", não é minha culpa. Sucede-me trabalhar sobre formas de economia abertas, expansivas, generosas, arriscadas em textos como os de Kleist, os de Genet etc.; quanto a Shakespeare, não cessa de preceder-nos. Há textos de homens que são capazes de outro. E, se se é remetido a carteiras de identidade sexual, não se trata senão de maldição cultural. O problema não está da parte dos homens, feminidade encontra-se muita nos homens, mas da parte das mulheres que produziram, que escreveram, porque culturalmente elas se sujeitaram à obrigação da masculinização para chegar a elevar-se à cena da legitimação sociopolítica. E, com efeito, a maior parte dos textos de mulheres até nossa época é terrivelmente marcada pela economia “masculina”.

Tanta mansidão:

Mas raros são os textos como os de Clarice: textos que, sem negar que nos temos de haver com a solidão, nos dão a mão e nos ajudam a ganhar o mundo da mansidão. Tomo à letra a palavra **mansidão**: **é o hábito de dar a mão**. Há dois ou três textos de Clarice que dizem tudo sobre a mansidão: um texto que se chama “A repartição dos pães”, que trabalha sobre a bendição, e “Tanta mansidão”.

Tanta mansidão

Pois a hora escura, talvez a mais escura, em pleno dia, precedeu essa coisa que não quero sequer tentar definir. Em pleno dia era noite, e essa coisa que não quero ainda definir é uma luz tranquila dentro de mim, e a ela chamariam de alegria, alegria mansa. Estou um pouco desnorteada como se um coração me tivesse sido tirado, e em lugar dele estivesse agora a súbita ausência, uma ausência quase palpável do que era antes um órgão banhado da escuridão da dor. Não estou sentindo nada. Mas é o contrário de um torpor. É um modo mais leve e mais silencioso de existir.

Mas estou também inquieta. Eu estava organizada para me consolar da angústia e da dor. Mas como é que me arrumo com essa simples e tranquila alegria. É que não estou habituada a não precisar de meu próprio consolo. A palavra consolo aconteceu sem eu sentir, e eu não notei, e quando fui procurá-la, ela já se havia transformado em carne e espírito, já não existia mais como pensamento.

Vou então à janela, está chovendo muito. Por hábito estou procurando na chuva o que em outro momento me serviria de consolo. Mas não tenho dor a consolar.

Ah, eu sei. Estou agora procurando na chuva uma alegria tão grande que se torne aguda, e que me ponha em contato com uma agudez que se pareça a agudez da dor. Mas é inútil a procura. Estou à janela e só acontece isto: vejo com olhos benéficos a chuva, e a chuva me vê de acordo comigo. Estamos ocupadas ambas em fluir. Quanto durará esse meu estado? Percebo que, com esta pergunta, estou apalpando meu pulso para sentir onde estará o latejar dolorido de antes. E vejo que não há o latejar da dor.

Apenas isso: chove e estou vendo a chuva. Que simplicidade. Nunca pensei que o mundo e eu chegássemos a esse ponto de trigo. A chuva cai não porque está precisando de mim, e eu olho a chuva não porque preciso dela. Mas nós estamos tão juntas como a água da chuva está ligada à chuva. E eu não estou agradecendo nada. Não tivesse eu, logo depois de nascer, tomado involuntária e forçadamente o caminho que tomei – e teria sido sempre o que realmente estou sendo: uma camponesa que está num campo onde chove. Nem sequer agradecendo ao Deus ou à natureza. A chuva também não agradece nada. Não sou uma coisa que agradece ter se transformado em outra. Sou uma mulher, sou uma pessoa, sou uma atenção, sou um corpo olhando pela janela. Assim como a chuva não é grata por não ser uma pedra. Ela é uma chuva. Talvez seja isso ao que se poderia chamar de estar vivo. Não mais que isto, mas isto: vivo. E apenas vivo de uma alegria mansa.

Há o mundo e o eu! "Vou então à janela, está chovendo muito." Dá-se o encontro de dois equivalentes. Não os equivalentes de Genet, para quem todos os seres humanos se equivalem uns aos outros pela ferida da castração. São a chuva e ela. É o encontro o que é chamado desta coisa maravilhosa: "esse ponto de trigo". Ali onde a chuva e ela se encontram há o trigo. E depois esta afirmação de justeza implacável: "Não sou uma coisa que agradece ter se transformado em outra". Não agradecimento, não piedade, não reconhecimento, não dívida, mas ser, estado, insistência – sem comentário. Um puro "eis-me".

Sou uma mulher, sou uma pessoa, sou uma atenção, sou um corpo olhando pela janela. Assim como a chuva não é grata por não ser uma pedra.

É a separação do positivo e do negativo. Eu não sou a que-não, eu sou, sou, sou. É talvez isso o que se poderia chamar vivente. Não se trata da economia da consolação. Não posso dizer que todo o mundo pode situar-se ali onde Clarice se situa: para além da angústia, para além do luto, numa aceitação magnífica de ser a que simplesmente encontra a chuva, e talvez simplesmente a terra. É preciso ser forte e muito humilde para poder dizer: "sou uma mulher", naturalmente que continuando: "sou uma pessoa, sou uma atenção". Não: sou uma mulher, ponto. Mas "sou um corpo olhando pela janela". Quem pode dizer: "sou um corpo olhando pela janela" pode dizer: "sou uma mulher". Mulher é aquela que "é" e mulher que avança no mundo tomando cuidado.

Soin. Besoin [Cuidado. Necessidade].

Esse eu que és tu.

Quem és tu? Em numerosos textos de Clarice Lispector, a démarche extrema, a maior tensão situam-se entre sujeito humano e sujeito não humano. O parceiro, o outro, aquele com o qual se agirá, ao termo de uma longuíssima busca de estabelecer uma relação de amor, é o rato de A vingança e a reconciliação penosa. Em o Mineirinho, o outro é uma sorte de rato humano, o delinquente, o bandido que é morto como um rato, e com o qual Clarice cometeu estabelecer uma relação de comunicação. É amiúde o sujeito não humano o que é mais forte, sendo o mais impactante a barata de *A paixão segundo G. H.* Esta mulher, G. H., que não tem nome, à qual resta simplesmente esse pouquinho de letras iniciais, percorre um longo caminho até à barata imemorial. Esta está há centenas de milhares de anos num quarto, e ela chega ao termo de seu percurso minucioso – não pode faltar um passo a esse percurso, senão tudo estaria terminado, ela teria saltado uma etapa nesse passo a passo com passos que não são humanos, mas passos de barata. É com todas as patas que ela avança até à barata, e é aí que se passa a famosa cena imensa, na qual não se deve cometer erro: a cena do "provar da barata". G. H. pensa que está no ponto de maturação em que vai chegar a provar, dar lugar ao outro, fazer o gesto supremo em face da barata. Tendo por descuido esmagado a barata contra a porta de um armário, e tendo a barata deixado escapar um pouco de sua matéria – mas as baratas são seres imortais, existem há milhões de anos –, ela leva à boca a matéria branca saída da barata, e então se produz um incidente violento: ela desaparece, vomita de desgosto, desvanece-se, vomita-se. E a coisa maravilhosa desta história é que ela se apercebe de que se tinha enganado: o erro foi ela não ter deixado lugar para o outro, e que na desmedida do amor ela se dissesse: eu vou dominar meu desgosto, e vou até ao gesto da comunhão suprema, "vou beijar o leproso". É um erro. Beijar o leproso transformado em metáfora perdeu sua verdade. G. H. faz o gesto não analisado no momento em que a coisa se passa, no momento de incorporação. Logo ela devolve a barata, e o passo a passo, pata a pata, é retomado até à última revelação. O mais difícil de fazer é chegar até à mais extrema proximidade guardando-se da armadilha da projeção, da identificação. É preciso que o outro permaneça estranhíssimo na maior proximidade. Em *A paixão*, o sujeito com que Clarice faz esse trabalho, o parceiro de amor, é suficientemente estranho para que haja um dado que permita esse trabalho de maneira mais evidente para nós do que se o outro fosse um sujeito humano corrente.

Mas o projeto último de Clarice é fazer aparecer o outro sujeito humano como igual – e isso é positivo – à barata. Todas as suas repetidas tentativas cada vez mais fortes e mais justas são levadas ao ápice com *A hora da estrela*, onde Macabéa (esse é o nome que a quase mulher vai tomar mais adiante no texto, o nome a que ela advém) está ali em lugar da barata. É uma barata falante, e é também antiga, tão primitiva quanto a barata.

E tudo isso se faz com a ajuda, com o acompanhamento da música:

Dedico-me às vésperas de hoje e a hoje, ao transparente véu de Debussy, a Marlos Nobre, a Prokofiev, a Carl Orff, a Schönberg, aos dodecafônicos, aos gritos rascantes dos eletrônicos – a todos esses que em mim atingiram zonas assustadoramente inesperadas, todos esses profetas do presente...

É vital dizer "esses profetas do presente", porque é o presente o que perdemos sempre.

... e que a mim me vaticinaram a mim mesmo a ponto de eu neste instante explodir em: eu.

Os que nos ajudam a explodir em "eu" são talvez os que por vias que não são as vias do discurso, mas as vias da voz, atingem e despertam em nós as "zonas inesperadas". E são os roubadores de fogo, ou roubadores de música. Isso está na "Dedicatória do autor" porque é "o autor" o que tem a cultura.

Mas no texto "os profetas do presente" – que são ao mesmo tempo gigantes –, Debussy , Prokofiev, Schönberg, os grandes compositores que tocam cada um a "o autor" em outro ponto do corpo, não existem para as pequenas personagens ínfimas que são os habitantes do livro. Uma vez que entramos por essa porta no texto pobre, o que resta desses grandes senhores da música é o que pontua o texto de quando em quando de maneira extremamente dolorosa para nós: é, por exemplo, um violinista, cuja cantilena se ouve aqui e ali interrompida no texto; e toda a gama do grito. "O direito ao grito" é um dos vinte títulos do texto. Na primeira página, tem-se a música mais elementar:

A dor de dentes que perpassa esta história deu uma fisgada funda em plena boca nossa. Então eu canto alto agudo uma melodia sincopada e estridente – é a minha própria dor, eu que carrego o mundo e há falta de felicidade.

Volto à música. Quando havia falado de *Tancredo*, trabalhara sobre certos personagens muito fortes que se encontram na *Jerusalém libertada*. O que me havia interessado é o inseparável das categorias dos "fiéis" e dos "infiéis". Os fiéis e os infiéis comutam-se sem cessar, exatamente como no campo da diferença sexual os "homens" e as "mulheres". Há dois casais de amantes, um que é o casal clássico, o de Arnaldo e de Armida, no qual se vê desenrolar-se uma história de sedução banal, com mulher fatal, homem castrado. E ao lado disso há o outro casal, Tancredo e Clorinda, o polo oposto de Arnaldo e de Arminda, que se mantém fora da sedução, que se mantém na admiração, valor de que jamais se fala muito, vizinho do respeito. Tancredo e Clorinda tocam-me particularmente porque há um universo imaginário na literatura onde se encontra "a mulher armada". Seria fácil tratá-la como a um tipo, poder-se-ia dizer: é a amazona, sim, isso existe; ou é um fantasma, é uma realidade histórica, eu não sei nada disso, isso não tem importância. Mas, nas epopeias mais antigas, nas histórias mais antigas, trata-se de mulheres que vão ao encontro dos homens no modo de igual para igual no exercício do poder e da guerra, e isso redunda sempre em amor. É talvez uma alegoria do amor. O mais interessante é ver os deslocamentos da alegoria clássica até ao que seria signo, anúncio, de um tipo de relação amorosa outra. Por exemplo, a *Pantesileia* de Kleist põe em cena uma relação de inversão muito complexa em que Aquiles tenta passar da parte da feminidade e em que Pentesileia tem dificuldade em conciliar a obrigação de ser homem com a necessidade de ser mulher. Clorinda é o melhor guerreiro do exército infiel, é uma mulher e é a mais fiel das mulheres. O que é belo na história de *Jerusalém libertada* é que Tancredo persegue Clorinda, o igual persegue o igual, o mais forte persegue o mais forte, o mais belo persegue o mais belo. Até que acidentalmente Clorinda perde o capacete e Tancredo vê, numa cena ofuscante, que o ser que o atrai através dos campos/cantos é uma longa cabeleira. Então se incendeia o drama de Tancredo e de Clorinda. Tancredo adora Clorinda, tudo os separa. Pois eles são os sujeitos da fatalidade que ordena todas as epopeias, todos esses grandes momentos.

E, como para Percival na **Busca do Graal**, a lei vem dizer: atenção, estamos no mundo da lei, ainda que penseis em outra coisa. Nessas epopeias, toda vez que há possibilidade de amor feliz entre duas forças iguais masculina e feminina, a realidade cultural intervém a toda a velocidade e interdita. E pode-se estar seguro de que vai acontecer alguma infelicidade a Tancredo e a Clorinda, porque eles se amam de igual para igual, de força para força, de lealdade para lealdade. A história não tolera isso, é preciso que um morra. E, no último combate, terrível e acidental, Tancredo mata Clorinda, porque não a reconheceu sob outro capacete. Mas o Desejo quer outra coisa.

Eu sou Tancredo em busca, e chego a **A Tancredo** de Rossini. Eis uma história em que o músico ouviu a realidade mais profunda com o ouvido do Desejo. O que ele ouviu é a verdade daquele amor. Rossini escreve uma obra que repõe em cena as perseguições e os combates entre Tancredo e Clorinda. (Esta mudou de nome e se chama Amenaide, mas isso não muda o Desejo.) Sem nenhuma explicação, segundo o direito maravilhoso que desejo a todos os compositores, Tancredo é uma mulher, é cantado por uma mulher, e ninguém no teatro questiona o deslocamento necessário que é imposto por Rossini. É no mundo da música que certo poder cheio de doçura é designado, sem segundas intenções nem nada calculado, a uma voz de mulher. **A Tancredo** de Rossini não se detém para perguntar-se: Afinal, sou um homem ou uma mulher? É verdade que Clorinda (ou Amenaide) não pode ser amada senão por **uma** Tancredo. Quando se lê *Jerusalém libertada*, há um homem e uma mulher que usam armaduras. Que se escute **a** Tancredo de Rossini e tais questões já não se põem. No fundo, são duas mulheres. No entanto, uma é igualmente um homem, mas homem na medida em que ela é capaz de mulher, capaz de Amenaide. São mistérios que vivemos na vida quotidiana, que são proibidos, porque são inclassificáveis no imaginário social. E todavia é isso a vida.

Em *A hora da estrela*, há metamorfose, e metamorfose que poderia efetuar-se não pelo desejo de metamorfose, mas pelo movimento de reconhecimento do outro. E esse movimento se exprime melhor talvez numa confidência feita pelo "autor (na verdade Clarice Lispector)" quando ele (ela) diz (é o ápice da inscrição da virtualidade de outro):

(Quando penso que eu podia ter nascido ela – [...].)

O autor fala de Macabéa, que ainda não tem nome:

Mas tinha prazeres. Nas frígidas noites, ela, toda estremecente sob o lençol de brim, costumava ler à luz de vela os anúncios que recortava de jornais velhos do escritório. Colava-os no álbum.

São prazeres que nós já não temos. Somos pessoas que vivem depois da lagosta. Mas, antes da lagosta, têm-se mais os grandes prazeres do mundo. Por exemplo, o mundo imenso dos "pequenos anúncios", o mundo das promessas. Fazendo coleção de anúncios, "ela" empreende a recriação da terra prometida.

Havia um anúncio, o mais precioso, que mostrava em cores o pote aberto de um creme para pele de mulheres que simplesmente não eram ela. Executando o fatal cacoete que pegara de piscar os olhos, ficava só imaginando com delícia: o creme era tão apetitoso que se tivesse dinheiro para comprá-lo não seria boba. Que pele, que nada, ela o comeria, isso sim, a colheradas no pote mesmo. É que lhe faltava gordura e seu organismo estava seco que nem saco meio vazio de torrada esfarelada. Tornara-se com o tempo apenas matéria vivente em sua fonte primária. Talvez fosse assim para se defender da grande tentação de ser infeliz de uma vez e ter pena de si. (Quando penso que eu podia ter nascido ela – e por que não? – estremeço. E parece-me covarde fuga de eu não ser, sinto culpa como disse num dos títulos.)

O anúncio "mais precioso" é o que põe em questão toda a pobreza em feminidade, e faz dela toda a riqueza possível em feminidade. Nesse parágrafo, circulamos entre: eu não sou, eu poderia ser ela, no caminho de meditação mais forte que podemos tomar pensando no outro. Em geral, quando pensamos no outro, pensamos num modo de não identificação negativa, de exclusão, enquanto ali se trata do reconhecimento da diferença do outro, mas com constante proposição da possibilidade de ser. Assim, simplesmente, aquelas "mulheres não eram ela", e, se ela tivesse o pote, coisa magnífica, faria um uso dele que as que vivem depois da lagosta não teriam tido ideia de fazer. Ela o comeria. Pois ela está no mais justo do creme; no mais elementar da alimentação. E é verdade que ela é feita de "farelos". Ela tem ovários "murchos como um cogumelo cozido". É assim que ela se vê. "A tentação de ser infeliz de uma vez e ter pena de si" privá-la-ia da alegria de estar viva. Porque Macabéa, em sua infinita pobreza, preserva o "basta viver" de *A paixão segundo G. H.* O que ela tem é o simples viver. Isso não é o beber e o comer, que ela quase não tem. Tal pobreza é sua riqueza. A que nós não temos, nós, que perdemos o paraíso de antes da lagosta. "(Quando penso que eu podia ter nascido ela)", é o autor quem o diz, no masculino, é seu parêntese. "Eu que sou tu", e que, portanto, poderia ser ela, mas que felizmente e infelizmente não é ela. É o inverso da **Dedicatória**, que diz: "Dedicatória do autor (Na verdade Clarice Lispector)". Aqui, no parêntese – "(Quando penso que eu podia ter nascido ela – e por que não? – estremeço.)" –, está o ápice do desenvolvimento que foi proposto em "(Na verdade Clarice Lispector)". Todas as chances estão nos parênteses, é a chance do nascimento, é o momento em que a matéria se precipita numa forma, e isso dá uma Macabéa ou um autor ou Clarice ou a nós. Essa possibilidade está no parêntese. "Por que não?": é a questão ética de Clarice. Eu nasci Clarice, mas é um acaso. Sabe-se que ela nasceu na Ucrânia e que escreve em português brasileiro. É, aliás, o maior escritor brasileiro, mas ela também teria podido ser pigmeia, e por que não? Nós nos identificamos sempre com nossas chances, com nossos acidentes, nós, os seres superiores de depois da lagosta.

Mas essa identificação é narcísica e empobrecedora. Nós somos muito mais que o que nosso nome próprio nos autoriza a crer que somos.

Nós somos **possíveis**. Basta que não fechemos os parênteses em que vivem nossos "por que não". Então eu sou uma pessoa que começa muito tempo antes de mim, com as primeiras moléculas, e que continua depois de mim e de tudo em torno de mim. No entanto e por acaso, sou uma mulher, e pertenço à espécie humana. Ah! sim, sou humana e, ademais, uma mulher.

E ao mesmo tempo é a confissão do terror, se eu, o autor, "Rodrigo S. M.", tivesse nascido Macabéa. "(E parece-me covarde fuga de eu não ser, sinto culpa como disse num dos títulos.)" O texto terá sido uma imensa tentativa de ter conhecido ao menos uma vida de Macabéa. Quando Clarice passa por Macabéa, ao fim de sucessivas metamorfoses, quando volta à matéria e reaparece como autor masculino etc., é o momento em que ela logo vai cessar realmente de ser uma pessoa chamada Clarice Lispector. O momento desta metamorfose é muito breve – é um pequeno livro *A hora da estrela* – pode ler-se em uma hora –, e esta história da vida de Clarice Lispector é a última. É talvez efetivamente em sua última hora que "o autor (na verdade Clarice Lispector)" terá conseguido nascer Macabéa, Macabéa, o nome de Clarice Lispector tornada pessoa, e cujos elementos vivos estão aí, visíveis, no ar que respiramos.

O autor de *A hora da estrela* é uma mulher de muita delicadeza. O autor do autor de *A hora da estrela* nasceu da necessidade deste texto, e morreu com este texto. Ele é obra de sua obra. É o filho, o pai e (em verdade a mãe).

Foi posto no mundo com a missão de amar o melhor possível a quase mulher Macabéa. De amá-la inteira e em detalhe, a ela, que ninguém mais que Ninguém soube amar.

Missão também de amar seus ralos cabelos e seu sexo de apesar-de-tudo-mulher. A que Clarice confiou por delicada tarefa ao autor que ela criou expressamente para Macabéa, porque talvez uma mulher (na verdade Clarice Lispector) não tivesse ousado contemplar o sexo de uma mulher.

E talvez a pudica Macabéa tivesse ficado bem mais assustada pelo olhar de uma senhora que pelo de um senhor. Então, por amor Clarice se retira e delega Rodrigo S. M. para Macabéa.

E não é justo que as personagens tenham o direito ao autor **mais bem posicionado** para compreendê-las e fazê-las viver?

Evidentemente, esta observação não vale senão para os livros onde se trata **de amar**, de respeitar.

E o respeito deve começar antes do livro.

Que distância entre uma estrela e um eu, ou que inconcebível proximidade entre uma espécie e outra, entre um adulto e uma criança, entre um autor e uma personagem, que insondável afastamento entre um coração e outro, que secreta proximidade!

Tudo está longe, tudo permanece no afastamento, tudo está menos distante do que pensamos, tudo ao fim se toca, nos toca.

Assim como Macabéa entrou no olho de Clarice, como um grão de poeira, assim como ela a fez chorar as lágrimas do acreditar,

Eu sou tocada pela voz de Clarice.

O passo de sua frase pesada e lenta me pesa no coração, ela caminha a curtas frases pesadas, pensativamente.

Às vezes é preciso ir muito longe.

Às vezes a boa distância está no extremo afastamento.

Às vezes é na extrema proximidade que ela respira.

"Extrème Fidélité" – Helène Cixous
Primeira publicação (no original francês) no número 14 da revista *Travessia*, publicação do Programa de Pós-Graduação em Literatura da Universidade Federal de Santa Catarina, Florianópolis, 1987.
Tradução de Carlos Nougué

Uma paixão pelo vazio

Colm Tóibín

Em janeiro de 1963, Elizabeth Bishop[1] escreveu do Rio de Janeiro para Robert Lowell[2] sobre os contos de Clarice Lispector. "Traduzi cinco dos contos de Clarice", escreveu ela, "todos os curtos e um mais longo. O *New Yorker* está interessado – acho que ela precisa do dinheiro, e vem a calhar, pelo tanto que o dólar está valendo... Mas bem na hora, justo quando eu estava para remeter o material, faltando um, ela sumiu. Completamente, e por umas seis semanas! [...] Estou perplexa... pode ser 'veneta' ou, mais provavelmente, aquela 'inércia pesada' em que tanto se esbarra por aqui [...] nos contos ela tem umas coisas fantasticamente boas, que soam muito bem em inglês, e me agradaram muito."

Em junho de 1963, Bishop voltou a escrever sobre Lispector: "Clarice foi convidada para mais um congres-

1 Elizabeth Bishop (1911-1979) foi uma poeta e escritora norte-americana. Viveu no Brasil entre 1951 e 1966. Aqui, além de Clarice, traduziu a obra de diversos poetas, incluindo João Cabral de Melo Neto e Carlos Drummond de Andrade.

2 Robert Lowell (1917-1977) foi poeta laureado, consultor de poesia da Biblioteca do Congresso dos Estados Unidos e ganhador de diversos prêmios literários. Foi um constante interlocutor de Elizabeth Bishop.

so literário, na Universidade do Texas, e está mostrando-se muito encabulada e complicada – mas, no fundo, acho que está muito orgulhosa – e é claro que vai. Vou ajudá-la em seu discurso. Acho que seremos 'amigas' – mas ela é a mais não-literária entre os escritores que jamais conheci, jamais abre um livro[3]. Nunca leu nada que eu conheça. Acho que é uma escritora 'autodidata', como um pintor primitivo."

Em *Elizabeth Bishop: Poems, Prose and Letters*[4], publicado pela Library of America[5], há três traduções de Clarice, incluindo o surpreendente conto "A menor mulher do mundo"[6], portador tanto da força primitiva a que Bishop se referia quanto de uma hábil sabedoria, uma percepção do que pode ser feito com o tom, com o remate dos parágrafos, com o diálogo, e que só poderia vir de alguém profundamente literário. Clarice tinha, como Borges em sua ficção, a habilidade de escrever como se ninguém antes houvesse escrito, como se a originalidade e o frescor do seu trabalho houvessem pousado no mundo inesperadamente, tal qual o ovo do conto *Uma galinha*, também traduzido por Bishop.

A impressão passada por Bishop de uma Clarice fugaz, estranhamente volátil, complicada, alguém que podia sumir, é essencial ao seu trabalho e à sua reputação. Clarice Lispector (1920-1977) nasceu na Ucrânia, mas chegou criança ao Brasil. Sua vida na Ucrânia e a fuga de sua família judia são descritas em detalhes pungentes por Benjamin Moser em sua brilhan-

3 No original: "*... and never 'cracks a book' as we used to say*". É uma expressão aplicada ao estudante que faz ótimos exames sem que, aparentemente, tenha estudado para isso.

4 BISHOP, Elizabeth. *Poems, Prose and Letters*, editado por Lloyd Schwartz e Robert Giroux. Boone: Library of America, 2008. Esta obra não foi editada na íntegra no Brasil, mas a Companhia das Letras publicou, em 1995, *Uma arte: cartas de Elizabeth Bishop*; em 1999, *Poemas do Brasil*; em 2012, *Poemas escolhidos*; em 2014, *Prosa*, todos com tradução e notas de Paulo Henriques Britto.

5 A Library of America é uma editora sem fins lucrativos, mantida por doações públicas e privadas, cuja finalidade é a publicação da obra de escritores eméritos dos Estados Unidos, incluída a produção de diversos presidentes do país.

6 LISPECTOR, Clarice. *Laços de família*. Rio de Janeiro: Rocco, 2009.

te biografia *Clarice*[7]. Aquilo que Moser considera como "sua individualidade inflexível" a tornou fonte de fascinação para os que a cercavam e para seus leitores. Mas sempre restava o sentimento de ela ser profundamente iludida pelo mundo, desconfortável com o viver e com o narrar.

Em outubro de 1977, pouco antes de sua morte, Clarice publicou o romance *A hora da estrela*, no qual todos os seus talentos e todas as suas excentricidades se fundiram e confluíram em uma narrativa densamente consciente, que lida com a dificuldade e com os inusitados prazeres de empreender uma narrativa, para se lançar, em seguida, à história de Macabéa, uma mulher que era, como disse a um entrevistador[8], "tão pobre que só comia cachorro-quente". Mas ela deixou claro que "a história não é isso só, não. A história é de uma inocência pisada, de uma miséria anônima"[9].

A história é sobre uma mulher do estado de Alagoas, no Nordeste do Brasil (os Lispectors inicialmente viveram lá, ao chegarem ao país), que depois vai morar no Rio de Janeiro, como Clarice Lispector veio. Em uma cena já perto do fim do livro, a heroína vai a uma cartomante, Madame Carlota, assim como a própria Lispector foi a uma cartomante. Ela disse ao entrevistador da televisão: "Eu fui a uma cartomante que me disse as várias coisas boas que iam me acontecer e imaginei, quando tomei o táxi de volta: seria muito engraçado se um táxi me pegasse, me atropelasse e eu morresse depois de ter ouvido todas essas coisas boas."[10]

Não se está a sugerir que a história seja autobiográfica; é, antes, a exploração de um ser às vezes vislumbrado, mas parcamente conhecido. Ao tempo em que escrevia o livro, ela foi avistada pelo escritor José Castello na avenida Copacabana, no Rio, observando uma vitrine. Quando

7 São Paulo: CosacNaify, 2011; tradução de *Why This World*, Oxford: Oxford University Press, 2009.

8 Entrevista filmada, concedida a Julio Lerner, foi ao ar pela TV Cultura. Esta foi a única entrevista filmada concedida por Clarice. Pode ser consultada em https://www.youtube.com/watch?v=ohHP1l2EVnU.

9 Cf. o dito pela própria Clarice na entrevista citada, aos 19'42".

10 Entrevista citada, aos 20'51".

a cumprimentou – ele assim o descreveu: "Ela custa a se voltar. Primeiro permanece imóvel... mas logo depois, antes que eu me atreva a repetir o cumprimento, move-se lentamente como se procurasse a origem de um susto, e diz: 'Então é você.' Naquele momento, horrorizado, percebo que a vitrine tem apenas manequins despidos. Mas logo meu horror, tão tolo, se converte em uma conclusão: Clarice tem paixão pelo vazio."[11]

O ser recriado por Clarice em um molde de incerteza radical não é apenas o da jovem nordestina que, ostensivamente, é o sujeito do romance. O narrador é também um ser recriado, capaz de divagações atrapalhadas, de excesso de confiança em sua própria capacidade, de medo absoluto diante do poder e da impotência das palavras, e de súbitas passagens de elevada beleza e de elevada precisão. Ele é capaz de um parágrafo como "Enquanto isso as nuvens são brancas e o céu é todo azul. Para que tanto Deus. Por que não um pouco para os homens"[12] ou "Enquanto isso – as constelações silenciosas e o espaço que é tempo que nada tem a ver com ela e conosco"[13].

A hora da estrela é como alguém ser levado aos bastidores durante uma encenação e ser-lhe permitido espiadelas ocasionais para os atores e o público, e olhares ainda mais intensos para a mecânica do teatro – as trocas de cenas, de figurinos, a criação da ilusão – com muitas interrupções pelos profissionais dos bastidores. Já à saída, ao passar pela bilheteria, deve ser esclarecido em sussurros irônicos, talvez zombeteiros, de que, na verdade, os olhares é que eram o espetáculo, imaginado com esmero e atenção por uma escritora que está a observar nervosamente de algum lugar próximo, ou de algum lugar a distância, e que pode ou não existir sequer.

11 O trecho entre aspas é o texto original de José Castello (*Inventário das sombras*. Rio de Janeiro: Record, 1999), tal como citado na biografia de *Clarice* de Benjamin Moser.

12 LISPECTOR, Clarice. *A hora da estrela*. Rio de Janeiro: Rocco, 1998, p. 27.

13 Idem Ibidem, p. 31.

Nada é estável no texto. A voz do narrador move-se das mais sombrias divagações sobre a existência e Deus a uma quase cômica perambulação em torno de sua personagem: ele observa-a, penetra sua mente, ouve-a, e então se afasta. Ele é pleno de piedade e de simpatia pela situação dela – por sua pobreza, por sua inocência, por seu corpo, pelo tanto que ela não sabe e nem imagina –, mas o narrador está alerta à própria escritura da ficção enquanto atividade que demanda truques, que ele, pobre dele, simplesmente não possui ou não lhes atribui utilidade. Por outro lado, às vezes ele os tem em abundância. É difícil decidir por quem lamentar mais, se por Macabéa ou pelo narrador, se pela inocente vítima da vida ou pela altamente cônscia vítima de sua própria derrota. Daquela que sabe tão pouco ou daquele que sabe demais.

A narrativa move-se desde um apanhado em traços largos sobre a personagem e a cena, com pinceladas e afirmações incidentais que se agregam e se analisam, até sentenças sobre vida, morte, mistério do tempo e Deus. Move-se de uma profunda consciência da tragédia que é viver a um agudo reconhecimento de que a vida é uma comédia. A história se passa ao mesmo tempo em um Brasil quase demasiado real para os limites impostos à vida das personagens e em um Brasil imaginário, expandido pelas palavras e pelas imagens cambiantes em tom e em textura que são empregadas por Lispector em seu misterioso canto de cisne.

Como escreveu a crítica francesa Hélène Cixous, *A hora da estrela* "é um texto sobre a pobreza que não é pobre". Tem um jeito de ser acessível e misterioso, loquaz e peculiarmente refinado. Esconde e conta muito. Emite julgamentos amplos e observações miúdas. É um texto que medita sobre dois tipos de impotência, claramente distintas. Primeiro, a impotência do narrador, alguém que dispõe das palavras mas sente que as palavras – em toda a sua volubilidade e imprecisão – irão dispor dele. Ele não está seguro de se deve rir ou chorar; ao contrário, permanece em um estado estranho e aterrorizado, com acessos de firme determinação. Em seguida é evocada a impotência da personagem que ele imaginou, ou viu, ou a quem concedeu as palavras, em toda a sua fragilidade e tolice.

Mas há momentos em que o narrador se abandona, como tanto faz Beckett, e encontra algo interessante demais ou muito grotescamente engraçado para que ele se preocupe em questionar sobre se cabe ou não na narrativa, sobre sua verdade ou sua ficcionalidade. A memória, por exemplo, de que a protagonista uma vez comeu um "gato frito", ou vistas e sons das ruas do Rio, ou certas lembranças. Ou a declaração de Macabéa: "Eu vou sentir tanta falta de mim quando eu morrer."

A maior parte do trabalho tardio de Clarice tem essa beleza espectral, um senso de forma e um senso de conteúdo que se entrelaçam em uma lenta e bem dançada valsa. Ao ver-se chegar ao fim da vida, ela escrevia como se a vida estivesse começando, experimentando a necessidade de revirar a própria narrativa para ver aonde isto ia levá-la, como a encantada e original escritora que era, e nós seus encantados e entusiasmados leitores.

"A Passion for the Void" – *Colm Tóibín*
Primeira publicação como texto introdutório à edição americana *The Hour of the Star*, editada pela New Directions Publishing Corporation, Nova York, 2011.
Tradução de Mateus Kacowicz

Uma leitura histórica de Clarice Lispector

Florencia Garramuño

Mas já que se há de escrever, que ao menos
não se esmaguem com palavras as entrelinhas.
Clarice Lispector, *Para não esquecer*

Felizmente, a iconografia de Clarice Lispector é copiosa: as fotos – grande parte das quais hoje podem ser vistas no Arquivo do Instituto Moreira Salles, na Gávea, Rio de Janeiro, onde se conservam também alguns de seus manuscritos – multiplicam o incrivelmente belo e inquietante rosto de Clarice Lispector em fotografias da escritora com seu cão Ulisses, em seu apartamento da Zona Sul do Rio, na Itália, em suas viagens pela Europa, com seus filhos na neve em Washington, com sua máquina de escrever no colo – como costumava escrever, e isso, sim, é que era escrever realmente com o corpo –, com os amigos, e sozinha, de perfil, de frente, sentada, em posições as mais variadas. Nessa riquíssima coleção, há uma foto que sempre me pareceu impactante. Voltei a ela várias vezes, e toda vez que penso que na escrita de Clarice Lispector – por alguma razão obscura que até agora nunca me propusera a elucidar – me vem à cabeça essa foto. Trata-se de uma fotografia da manifestação feita em 1968 por mais de cem mil pessoas para protestar contra a morte do estudante Edson Luís assassinado pela ditadura militar brasileira que se iniciara em 1964 e que recrudesceria a partir desse ano fatídico para a história brasileira. Nessa que ficou conhecida para a história como "a passeata dos cem mil", da qual participaram um Caetano Veloso com seus longos cachos desordenados ao vento – sem lenço e sem documento, como em sua canção "Alegria, Alegria" –, um Vinicius de Moraes com seu desajeito característico, e um também jovem e meio hippie Chico Buarque, Clarice Lispector avança com passo decidido e com olhar ao mesmo tempo desafiador e fugidio, tão desafiadora e tão fugidia como sempre foi seu olhar, vestida com um vestido de floreado muito sombrio, quase intemporal, óculos escuros e colar elegante[1]. Se em quase todos os outros participantes da manifestação a história se encontra inscrita de forma evidente em suas roupas e em suas atitudes corporais, Clarice, em contrapartida, parece flutuar numa sorte de atemporalidade e de idiossincrasia semelhante à que tantas vezes se atribuiu à sua escrita. E, no entanto, ali está: no meio da multidão, participando ativamente de um ato de protesto político, imiscuída até à medula na contingência histórica.

A fotografia não é significativa só porque mostra como agente histórico a uma das escritoras mais fortemente associadas na tradição brasileira a uma literatura psicologizante e experimental que pouco teria tido que ver com seu contexto histórico e social, mas porque tem a capacidade de congelar algo assim como "o inconsciente óptico" da literatura de Clarice. Creio que a fotografia exibe a história que atravessa a escrita de Clarice Lispector por caminhos que não são, sem dúvida, os mais tradicionais,

1 Diz Clarice, em *Para não esquecer* (Rio de Janeiro, Rocco, 1999): "Sempre fui uma tímida muito ousada."

mas que aparecem, com consequências bastante dramáticas, em toda a escrita de Lispector[2]. E insisto em toda porque, como tentarei desenvolver nestas breves linhas, não é só a última Clarice, a Clarice do que ela mesma chamou "a gora do livro", a que se encontra inserta na contingência histórica, mas toda a sua escrita, incluída a anterior e a mais "psicologizante" e "individualista"[3].

Não é que a foto traga uma informação nova ou desconhecida, ou que não corresponda com o que já então se sabia de Clarice Lispector. Para os que a leram exaustivamente – e parece que é a única forma de lê-la –, e apesar de sua literatura claramente experimentalista e "individualista", sua atuação contra a ditadura militar já era, em 1968, suficientemente conhecida: as crônicas que nessa época ela publicava no diário carioca *Jornal do Brasil* contêm várias referências contrárias a algumas das leis promulgadas pela ditadura, sua visita ao Palácio da Guanabara para exigir justiça ante a repressão e suas diversas intervenções e participações em reuniões semiclandestinas já a tinham identificado, se não como ativista, ao menos como ator histórico que participara, publicamente, dessa

2 Diz Walter Benjamin: "Apesar de toda a habilidade do fotógrafo e por mais calculada que seja a postura de seu modelo, o espectador sente-se irresistivelmente forçado a procurar na fotografia a chispinha minúscula do acaso, do aqui e agora, com que a realidade chamuscou, por assim dizer, seu caráter de imagem, a encontrar o lugar inaparente em que, em determinada maneira de ser desse minuto que passou já faz tempo, aninha hoje o futuro e tão eloquentemente, que, olhando para trás, poderemos descobri-lo. A natureza que fala à câmara é distinta da que fala aos olhos; distinta sobretudo porque um espaço elaborado inconscientemente aparece em lugar de um espaço que o homem elaborou com consciência. [...] Só graças a ela percebemos esse inconsciente óptico, assim como só graças à psicanálise percebemos o inconsciente pulsional" (Walter Benjamin, "Pequeña historia de la fotografía", in *Discursos interrumpidos* I, Madri, Taurus, 1982, p. 67).

3 Clarice Lispector atendeu ao pedido de seu editor de que publicasse um livro de contos "de encomenda", *A via crucis do corpo*, em 1974. Na "Explicação" que antecede os contos, Clarice declara: "Uma pessoa leu meus contos e disse que aquilo não era literatura, era lixo. Concordo. Mas há hora para tudo. Há também a hora do lixo. Este livro é um pouco triste porque eu descobri, como criança boba, que este é um mundo-cão." (*A via crucis do corpo*, Rio de Janeiro, Nova Fronteira, 1974, p. 8).

contingência histórica[4]. Um dos textos mais comoventes da escritora, o que ela mesma escolheu como o texto de que mais gostava, é precisamente uma queixa pela morte de um criminoso marginal, Mineirinho, pelas mãos da polícia carioca[5]. Não é, portanto, simplesmente o fato de que em sua escrita se possa ou não ler uma preocupação social o que me parece é revelado pela foto. É algo mais inapreensível e indefinível que tem que ver com essa paradoxal inscrição intemporal da história – contextual, social, exterior – que se encerra em seus textos o que me parece é dito por essa foto de uma Clarice que está no meio da manifestação ainda que nada em seus gestos ou em sua roupa possa fazê-la valer como índice histórico. Podemos retirar a foto de Gil, ou a de Caetano, do contexto da manifestação, e seu rosto – seu cabelo, sua roupa, mas também seus gestos, as linhas de expressão que marcam seu rosto – falar-nos-á da rebeldia, do protesto, dos anos 60. Não é tão fácil fazer o mesmo, com contrapartida, com a figura de Clarice Lispector.

O que na foto me instiga compulsivamente a voltar a ela várias vezes é que parece abrigar, nesse inconsciente óptico, a mesma pergunta com que a escrita de Clarice Lispector sempre me interpela: como descrever a presença palpitante da experiência nessa escrita despojada de acontecimentos, concentrada na psique individual, e traçada numa linguagem cada vez mais única e irrepetível?

4 Uma das crônicas, de 17 de fevereiro de 1971, é uma "Carta ao ministro da Educação", onde ela se queixa da falta de verbas para as universidades. Diz: "Senhor ministro ou presidente da República, impedir que jovens entrem em universidade é crime. Perdoe a violência da palavra. Mas é a palavra certa." E termina a carta dizendo: "Que estas páginas simbolizem uma passeata de protesto de rapazes e moças." Cf. Clarice Lispector, *A descoberta do mundo*.

5 "Mineirinho", incluído em *Para não esquecer*. Também se inclui nesse livro um texto de Clarice intitulado "Literatura e justiça". Cito algumas linhas: "Mas, por tolerância hoje para comigo, não estou me envergonhando totalmente de não contribuir para nada humano e social por meio do escrever. É que não se trata de querer, é questão de não poder. Do que me envergonho, sim, é de não 'fazer', de não contribuir com ações. (Se bem que a luta pela justiça leva à política, e eu ignorantemente me perderia nos meandros dela.) Disso me envergonharei sempre. E nem sequer pretendo me penitenciar. Não quero, por meios indiretos e escusos, conseguir de mim a minha absolvição. Disso quero continuar envergonhada. Mas, de escrever o que escrevo, não me envergonho: sinto que, se eu me envergonhasse, estaria pecando por orgulho." (Clarice Lispector, *Para não esquecer*, p. 30).

Desde seus primeiros textos até ao menos precisamente esses anos 60, a escrita de Clarice Lispector, extremamente exitosa, é reconhecida como uma literatura originalíssima, como exemplo de escrita muito inovadora que não poderia inscrever-se em nenhuma tradição da literatura brasileira. As primeiras e muito perceptivas leituras que se fizeram dela, uma tão inicial como seu primeiro romance, de Antonio Candido, dos anos 40, "No raiar de Clarice Lispector", e uma de Roberto Schwarz, de 1959, concentraram-se nas inovações que a escrita de Clarice teria trazido, enquanto técnica literária, para o campo da literatura brasileira. Essas leituras assinalavam que a escrita de Clarice Lispector era uma escrita sumamente experimental em que se podia ler uma grande exploração vocabular e uma aventura da expressão concentradas na investigação do psiquismo de suas personagens. A partir dessa grande exploração experimental, a história, a realidade social e os problemas do contexto teriam ficado claramente excluídos. A maioria das críticas e resenhas publicadas durante esses primeiros anos insiste nessas características, que se converterão na marca de identificação da literatura de Clarice Lispector: "o lirismo, o universo feminino, o interior e as sensações" que a distinguem como escritora original e solitária no contexto da literatura brasileira dos anos 40 e 50[6].

Em face dessa solidão, nos anos 70, Clarice Lispector não só se tornou uma escritora consagrada, lida dentro e fora do Brasil e referência obrigatória quando se fala de literatura brasileira. O que mais chama a atenção é a constante presença que sua escrita tem na paisagem literária da década de 1970, a forte influência que sua literatura exerce nos escritores mais jovens que apenas estreiam por esses anos no âmbito da cultura brasileira: Caio Fernando Abreu, entre muitas outras referências, usa como epígrafe de um de seus contos uma frase de *A hora da estrela*: "Quanto a escrever,

6 Carlos Mendes de Sousa faz um levantamento exaustivo das resenhas publicadas sobre o primeiro livro de Clarice Lispector e assinala estas recorrências nessas primeiras e numerosas leituras. Cf. "A revelação do nome", in *Cadernos de Literatura Brasileira. Clarice Lispector*, Instituto Moreira Salles, 2004.

mais vale um cachorro vivo"; Ana Cristina Cesar semeia seus poemas de referências cifradas e ocultas a Clarice Lispector, roubando-lhe títulos que se convertem em versos – "a imitação da rosa", por exemplo –, e dedica-lhe um poema, embora não chegue a publicá-lo[7]; e até a cantora Cássia Eller compõe, alguns anos depois, com a colaboração de Cazuza, um rock – bem pesado, por incrível que possa parecer – com versos extraídos das obras de Clarice Lispector[8]. João Gilberto Noll, que começa a escrever também durante os anos 70 e se transformará posteriormente em um dos escritores brasileiros contemporâneos mais traduzidos e conhecidos internacionalmente reconhece, também, que Clarice é uma de suas inspirações mais importantes. Que poderia haver em comum entre estes jovens recém-iniciados na literatura e na cultura, participantes do desbunde que acompanhou à ditadura, e a senhora madura, burguesa e consagrada que já é Clarice Lispector – uma Clarice que numa entrevista feita então no programa TV Cultura até diz: "eu morri"?[9]

Propôs-se que teria havido uma progressiva mudança na literatura de Clarice Lispector, como se tivesse havido uma paulatina preocupação social em seus textos a partir dos anos 70. Como se o exercício da escrita das crônicas – que ela começa a publicar no *Jornal do Brasil* – e a violência arrasadora da história tivessem afetado essa superfície opaca que teriam

7 O poema foi publicado em Ana Cristina Cesar, Álbum de *retazos* (edição crítica de Luciana di Leone, Ana Carolina Puente e Florencia Garramuño).

8 Trata-se da música "Que Deus o venha" (Frejat, Cazuza, Clarice Lispector): "Sou inquieta, áspera / E desesperançada / Embora amor dentro de mim eu tenha / Só que eu não sei usar amor / Às vezes arranha / Feito farpa

Se tanto amor dentro de mim / Eu tenho, mas no entanto / Continuo inquieta / É que eu preciso que o Deus venha / Antes de que seja tarde demais

Corro perigo / Como toda pessoa que vive / E a única coisa que me espera / É exatamente o inesperado

Mas eu sei / Que vou ter paz antes da morte / Que vou experimentar um dia / O delicado da vida / Vou aprender / Como se come e vive / O gosto da comida."

9 A entrevista foi feita apenas alguns meses antes da morte de Clarice Lispector em 1977 e pode ver-se hoje em http//www.youtube.com/watch?v=9ad7b6kqyok.

sido seus romances e contos anteriores transformando sua escrita num meio um tanto mais sensível aos embates do social[10] – apesar de que muitos desses textos publicados como crônicas no jornal não só são tão opacos como seus textos anteriores, senão que são, ademais, posteriormente reutilizados e republicados em livros como "contos" e até fazem parte, costurados a outros textos, de alguns de seus "romances"[11]. Mas são romances ou contos esses textos estranhos, nos quais a ficção é reduzida à sua mínima expressão? Os textos que Clarice Lispector começa a publicar a partir de meados dos anos 70 exibem uma implosão formal muito intensa onde toda uma ideia de construção formal e de aperfeiçoamento técnico é conscientemente rejeitada, insistentemente abandonada em busca do que, em *Água viva*, Clarice vai denominar "o instante-já":

> Mas o instante-já é um pirilampo que acende e apaga. O presente é o instante em que a roda do automóvel em alta velocidade toca minimamente no chão. E a parte da roda que ainda não tocou, tocará em um imediato que absorve o instante presente e torna-o passado. Eu, viva e tremeluzente como os instantes, acendo-me e me apago, acendo e apago, acendo e apago. Só que aquilo que capto em mim tem, quando está sendo agora transposto em escrita, o desespero das palavras ocuparem mais instantes que um relance de olhar. Mais que um instante, quero seu fluxo[12].

Gostaria de propor que esse fluxo é uma forma, também, de pensar a história inscrita na linguagem, não a história que os acontecimentos rela-

10 Cf. Martha Peixoto, *Passionate Fictions: Gender, Narrative and Violence in Clarice Lispector*, Minneapolis, University of Minnesota Press, 1994.; Eduardo Portella, "O grito do silêncio", in Clarice Lispector, *A hora da estrela*, Rio de Janeiro, José Olympio, 1977; e Earl Fitz, "Point of View in Clarice Lispector's *A hora da estrela*, *Luso-Brazilian Review* 19.2 (1982): 195-208.

11 *Água viva* é conformado por vários desses textos que tinham sido publicados como crônicas, e estas crônicas foram publicadas em *A legião estrangeira*, por exemplo.

12 Clarice Lispector, *Água viva*, Rio de Janeiro, Rocco, 1999.

tam, mas a história enquanto experiência que não tem, porém, nenhuma clara positividade e até pode abrigar a loucura e, sobretudo, a incomensurabilidade do incompreensível.

Na literatura brasileira dos anos 70, estas procuras são comuns – daí, talvez, também, a referência insistente nesses escritores a Clarice Lispector.

Nesses textos de Clarice, a ausência de trama narrativa e a incorporação de referências biográficas tendem a construir uma intriga que parece despir-se de seus constrangimentos formais e ficcionais, como se se escrevesse, como ela mesma propôs, "sem truques":

> Mas é que surpreende um pouco a discussão sobre se um romance é ou não é romance. [...] O que é ficção? É, em suma, suponho, a criação de seres e acontecimentos que não existiriam realmente, mas de tal modo poderiam existir que se tornam vivos. Mas que o livro obedeça a uma determinada forma de romance sem nenhuma irritação, *je m'en fiche*. Sei que o romance se faria muito mais romance de concepção clássica se eu o tornasse mais atraente, com a descrição de algumas das coisas que emolduram uma vida, um romance, um personagem etc. Mas exatamente o que não quero é a moldura. Tornar um livro atraente é um truque perfeitamente legítimo. Prefiro, no entanto, escrever com o mínimo de truques.[13]

Se a partir dessa implosão da forma na última Clarice Lispector essa tentativa de aproximar-se do real incompreensível se torna mais evidente, é possível dizer que esse impulso esteve presente também na literatura mais

13 "Ficção ou não", publicada em 14 de fevereiro de 1970, e incluída em *A descoberta do outro*, Rio de Janeiro, Rocco, 1998, pp. 270-271. Em uma carta de Pessanha datada de 5 de março de 1972 e que faz parte do arquivo de Clarice Lispector que se encontra no Instituto Moreira Salles, aparecem sublinhadas – provavelmente pela mão da própria Clarice – as seguintes frases referentes a *Água viva*: "Tentei situar o livro: notas? pensamentos? fragmentos autobiográficos? Cheguei à conclusão de que é tudo isso junto... Tive a impressão de que queria escrever espontaneamente, iliterariamente. É assim? Parece que depois dos artifícios e truques da razão (ou melhor, das racionalizações), parece que você gostaria de rejeitar os artifícios da arte. E despir-se, disfarçando-se menos para seus próprios olhos e para os olhos do leitor." Citado por Martha Peixoto, *Passionate Fictions*, op. cit., p. 67. Trato estes problemas no contexto da literatura brasileira e argentina dos anos 70 em *La experiencia opaca. Literatura y desencanto*, Buenos Aires, Fondo de Cultura Económica, 2009.

inicial de Clarice Lispector. Que esse experimentalismo técnico que seus primeiros e lúcidos críticos perceberam logo não era só uma nova tentativa modernizadora de transformar a linguagem literária, mas uma forma de fazer com que esta se aproximasse com maior intensidade do que na vida mais se aproximava da experiência mas que não se confundia com o acontecimento.

Silviano Santiago percebe algo semelhante na Clarice Lispector "primitiva", na Lispector que ainda não é a Clarice Lispector de *A hora da estrela*, mas que, sim, talvez só possa ser lida da perspectiva da literatura brasileira posterior a 1970. Diz Santiago:

> A grande contribuição de Clarice à literatura brasileira (e ao desenvolvimento do conhecimento filosófico no Brasil) é a de ter questionado o conceito de "experiência", tal qual defendido por Kant e os neokantianos. Ao demarcar o território da experiência pela redução do real ao racional, e vice-versa, Kant configurou e nos transmitiu um conceito tacanho, cego à religião e ao irracional. A conceituação de Kant criou um vazio que só poderia ser redimido por um conceito mais alto e mais amplo de experiência. Nesse sentido, esclarecedora para se compreender a originalidade da proposta filosófica de Clarice é a leitura do ensaio do jovem Walter Benjamin, intitulado "Programa para a Filosofia futura" (1918). Nele o filósofo aponta para a necessidade de conceber a experiência como algo que também incorpora o pré-racional, o mágico e até mesmo a loucura. Esse enriquecimento do conceito de experiência propiciou uma nefasta atitude conservadora por parte da crítica marxista ortodoxa no Brasil. Ela foi incapaz de compreender a política revolucionária do texto de Clarice, presa que se encontrava aos condicionamentos históricos impostos pelas verdades iluministas no nosso pensamento político.[14]

14 Silviano Santiago, "A aula inaugural de Clarice Lispector", in Wander Melo Miranda (org.), *Narrativas da modernidade*, Belo Horizonte, Autêntica, 1999.

Em *A hora da estrela* – livro de 1977 –, a construção da personagem de Macabéa e de sua história recorda e inscreve a preocupação social que marcou uma área importantíssima da tradição da literatura brasileira – e não só no regionalismo dos anos 30, mas também desde o século XIX e passando pela grande "dobradiça" que serão neste sentido *Os Sertões*, de Euclides da Cunha – de maneira que parece pôr em primeiro plano uma sorte de referência social que desconcertava os críticos de Clarice[15]. Mas o certo é que também neste romance – como nos anteriores – essa referência aparece interrompida pela percepção que tem dessa realidade um sujeito narrador cuja história também faz parte da narrativa e a narrativa mesma constrói. Por isso, a referência à história e ao social aparece através de dispositivos que nada têm que ver com os dispositivos da representação, que antes interrompem constantemente a história de Macabéa com a história da escrita dessa história.[16] Trata-se, portanto, de uma "apresentação" ou referência a uma ordem social, a certo "real", através da consciência de suas personagens (o que foi lido como psicologismo), que funciona, por sua vez, deslocando essa tradição social da literatura brasileira, assinalando precisamente a ausência desse "real" que supostamente se estaria representando.

Na redução do imediatamente social a essa tentativa de captar o fluxo da experiência, essa última literatura de Clarice Lispector não só parece responder à acusação de literatura individualista e psíquica que se voltara contra sua literatura anterior, mas propor-se até como uma sorte de prótese ocular que permite ler seus textos prévios, fazendo evidente que essa importância da história e do social – porém a partir desta concepção que abandona o acontecimento – também estava pre-

15 "Há uma nova Clarice?", perguntava-se, por essas razões, o crítico Eduardo Portella no prólogo à primeira edição de *A hora da estrela* em português (Eduardo Portella, "O grito do silêncio", ob. cit.).

16 Hélène Cixous assinala com respeito a Macabéa: "A chegada do personagem principal ao palco é um pouco diferida. O protagonista é tanto ausente quanto presente. A expectativa faz parte do espetáculo. Desde o início existe um narrador em moldes mais tradicionais. O efeito é o desmonte da velha distinção entre interior e exterior." (Cixous, *Reading with Clarice Lispector*, Minneapolis, University of Minnesota Press, 1990, p. 153).

sente em *Perto do coração selvagem*, em *Laços de família* ou em *A paixão segundo G. H.* Se seu virtuosismo e sua experimentação técnica se converteram, pela novidade, naquilo que chamou mais a atenção desde o começo, a verdade é que também desde o começo teria havido uma preocupação social cifrada nessa reconceptualização do conceito de experiência. Porque, ainda que todos os seus romances tratem da consciência de suas personagens, o que importa dessa consciência é sempre o efeito que produz nela o real, e, em geral, o real enquanto correntes e constrangimentos sociais.

A hora da estrela, ao utilizar estas técnicas de fragmentação e de interrupção da linearidade incorporando uma temática social, mostra que elas já estavam de alguma maneira apresentando desde o começo de resistir a certas representações do social como as únicas que permitiriam pensar a experiência a partir de uma elaboração imaginária. Evidencia, ademais, como através de uma linguagem refratária, quase aporética, podem apresentar-se problemas sociais como os do Nordeste, como a escrita da consciência e da interioridade das personagens pode ser também uma forma de repulsa ou de questionamento social, talvez ainda mais radical - de um ponto de vista estético e ético – que as tradicionais representações da literatura "social"[17].

É por isso que aquela foto de Clarice Lispector, não por acaso uma foto de um ano tão carregado de significação histórica para o contexto brasileiro como o é o ano de 1968, continua interpelando-me. Clarice caminhando com seu passo, sem dúvida original, no meio do tumulto da história: ali se cifra, creio, o mais atraente da escrita de Clarice Lispector, sobretudo para a literatura brasileira dos anos 70 e 80. E isto, por sua vez, é revelador do que sempre foi sua literatura, e do legado

17 Raúl Antelo propõe uma leitura que vê nos últimos textos de Clarice Lispector movimentos que "já espreitavam" em seus primeiros textos. Cf. "Prólogo", in Clarice Lispector, *La araña*, Buenos Aires, Corregidor, 2005, p. 25.

que essas duas décadas convulsas da literatura brasileira tornaram possível ler.

A artista norte-americana Roni Horn realizou, inspirada em *Água viva* – e sobretudo na leitura que a escritora feminista Hélène Cixous fizera dela – uma instalação com lajotas de borracha nas quais, em espirais, se encontram escritos fragmentos de frases retirados do romance de Lispector. Em *Rings of Lispector*, o espectador é convidado a descalçar-se para sentir com os pés a superfície de borracha das lajotas e perceber através desse contato as rugosidades de uma escrita espiralada. Algo como essa sensibilidade arquitetônica e contextual é o que creio gera a intemporalidade histórica – valha o oximoro – da escrita de Lispector: a construção de um ambiente de desamparo que nos obriga a considerar a passagem do tempo e as condições mutantes – inapreensíveis – da existência[18].

18 A instalação de Roni Horn foi feita na Hauser & Wirth de Londres em 2004. Ver Roni Horn, *Rings of Lispector*, Londres, Steidl, 2006. O livro inclui um ensaio de Hélène Cixous.

"Uma leitura histórica de Clarice Lispector" – *Florencia Garramuño*
Primeira publicação como posfácio da edição argentina de *La hora de la estrela*, publicada na coleção Vereda Brasil, da editora Corregidor, Buenos Aires, 2010.
Tradução de Carlos Nougué

Quando o objeto, cultural, é a mulher

Nádia Battella Gotlib

"Tudo no mundo começou com um sim. Uma molécula disse sim à outra molécula e nasceu a vida." É com esse gesto, encenando a hora de transformação do caos silencioso em vida e ruído, que se inicia este "sim", ou seja, a construção, em palavra, de mais este corpo, vivo, este objeto, cultural, que se chama *A hora da estrela*, de Clarice Lispector.

Talvez por isso – por sistematicamente flagrar a palavra nesta e noutras circunstâncias várias de manifestação, que Clarice se sobressaia no conjunto de toda a literatura brasileira, pela frequência e intensidade com que se adentrou na questão do drama em linguagem. Age, a escritora, tal como as "pessoas" de Fernando Pessoa na literatura portuguesa, mediante uma sempre presente consciência crítica, espectadora do conflito, por vezes trágico, de seres disputando, entre si, o poder das vozes e a primazia na condução do discurso.

Ocorre que, diferentemente do poeta lusitano – e nisto reside também a razão de sua especificidade maior –, empreende tal percurso com quase absoluta predominância do ponto de vista feminino, desvendando, como mulher assumida em sujeito e objeto do discurso, "dentro dela/ o que havia de salões, escadarias, / tetos fosforescentes, longas estepes, / zimbórios, pontes do Recife em bruma envoltas", segundo Carlos Drummond de Andrade, no seu poema intitulado "Visão de Clarice Lispector"[1], escrito por ocasião da morte da escritora, em 1977.

O leitor encontra, já nos primeiros textos de Clarice, este jogo duplo entre a que faz e a que sente, a que simplesmente vive e a que pensa, em experiências simultâneas que às vezes alternam, uma depois da outra, sucessivamente, o papel de protagonismo nestas camadas de significação. Exemplo: a mulher vai e volta; sai de casa e regressa. Reinserida nesse espaço, cresce, gradativamente, sua inquietação, que explode com a fuga; e, do lado de fora, cresce, gradativamente, a força de necessidade da volta, que explode, com o retorno a casa.

Em 1940, quando Clarice tinha seus quase 20 anos, a personagem do conto "A fuga" passa por esta experiência, que veio a se constituir, ao longo da obra de Clarice, num reiterado esquema de enredo. A mulher casada há doze anos, em dia de chuva, de calor e após um forte trovão, sai de casa. Quer viajar. Quer fugir. "Só hoje, depois de doze séculos", afirma a personagem, neste momento, restituída "quase inteira a si mesma", quando a "primeira coisa a fazer era ver se as coisas ainda existiam"[2].

Essa recuperação de uma identidade antes abafada, que lhe tolhe a livre movimentação, surge por um motivo ou outro, inopinadamente, e sempre com veia irônica. Parece-me que é este ponto crítico de narradora – ciente dos percursos por que passa a mulher, acompanhando-lhe os passos com seriedade e respeito, como analista conscienciosa e paciente, que

1 ANDRADE, Carlos Drummond de. "Visão de Clarice Lispector", in: *Discurso de primavera e algumas sombras. Poesia completa.* V. 2. Rio de Janeiro: Editora Nova Aguilar, 2001, pp. 820-822.

2 LISPECTOR, Clarice. "A fuga", in: *A bela e a fera.* Rio de Janeiro: Nova Fronteira, 1979, pp. 97-104.

sabe da necessidade de se experimentar o processo – um dos traços marcantes que caracterizam a personalidade discursiva de Clarice Lispector.

Reconheço o conjunto da obra de Clarice Lispector como um grande painel de modos de se realizar idas e vindas, e escapes, ainda que temporários, dos limites reduzidos figurados em razão, lei, dever, obrigação, rotina, automatização, constelação esta dotada de grandeza – e às vezes tão mitificada! –, que tem também o poder de funcionar como vigoroso anestésico de manifestações de vida mais autenticamente pessoais.

Esse tema, muito presente ao longo de toda a história de sua narrativa, atinge, nesta "hora da ficção" de *A hora da estrela*, um alto grau de periclitância, talvez porque se trate de uma história que acontece, segundo afirma o próprio narrador, "em estado de emergência e de calamidade pública"[3]. Porque aqui não se trata só da mulher, mulher burguesa, como quase todas as mulheres de sua ficção. Trata-se da mulher burguesa no confronto com a mulher nordestina pobre. A mulher instruída diante da mulher sem instrução. A que tem diante da que não tem.

No entanto, a dose de tensão não para por aí. Ela cresce ainda mais, na medida em que é narrada a luta pela sobrevivência, material e intelectual ou espiritual, levada a termo, numa sociedade como a nossa, pelo consumo, ou melhor, pelos chamados bens de consumo, em mútua exploração selvagem, em que um se alimenta do outro, ou vive às custas do outro.

Trata-se, pois, de uma história que postula uma questão decisiva, tal como a vida; uma questão de vida ou morte. Neste sentido, *A hora da estrela* – hora da extrema miséria e glória de cada um – serve tanto para Clarice quanto para os que são seus personagens: o narrador que escreve a história; e a personagem desta história que ele conta.

A história acontece mesmo em estado de emergência e de calamidade pública para os três: para o narrador da história, nesta necessidade sofrida de se defrontar com o sofrimento da personagem enquanto narra a história

3 LISPECTOR, Clarice. *A hora da estrela*. Rio de Janeiro: José Olympio, 1978, p. 8.

do processo de escrita deste romance; para a Macabéa, personagem que ele cria, a nordestina pobre e meio perdida na cidade grande do Rio de Janeiro, que por um momento sonha com o impossível, vivendo num mundo em que tudo lhe é negado, em que tudo vira um "não"; e para a Clarice, diante destes dois, escrevendo o romance nos meses que antecederam a sua morte. Por isso penso que esta narrativa agônica se torna privilegiada como espaço de questionamento de linguagens, entre sujeitos diante de si mesmos, num confronto em cada um destes integrantes da história, e também entre eles mesmos, em estado de emergente e calamitoso ato de invenção: invenção do livro *A hora da estrela*, por Clarice; do romance sobre a Macabéa, por Rodrigo, o narrador; do amor por um moço estrangeiro, loiro e lindo, pela feia, maltratada, suja, rejeitada e inexpressiva Macabéa.

O nó do modo especial de enredar a história não reside, propriamente, em nenhuma das histórias principais: a do narrador Rodrigo e a de sua personagem Macabéa. De fato, cada uma tem sua peculiaridade de construção, e sob este aspecto mantêm certa autonomia.

De um lado, aparece a história do narrador em processo de amor pelo outro, a sua personagem, a sua obra, o seu objetivo criado, a sua criatura: o romance.

De outro, a história da pobre Macabéa, a miserável nordestina, que leva uma vida miserável, num quarto de pensão miserável, onde dorme após dias de trabalho miserável como datilógrafa medíocre, num escritório miserável. E neste mundo adverso, em que nada tem, quando alguma coisa quer, frustra-se. Não há lugar para este ser existir como sujeito da sua própria história. Cumpre-se a função de objeto dejetado por uma sociedade que postula a posse como critério de cidadania.

Se é certo que cada uma das personagens desenha um movimento na narrativa, o nó da questão não está em cada uma das histórias, mas na rede de relações que se estabelece entre elas; isto é: no confronto de narrativas e de suas respectivas modalidades de linguagem, como diferentes produtos culturais. E quais seriam estas modalidades de linguagem?

Afirma a narradora, a certa altura da sua história: "Mas não vou enfeitar a palavra pois se eu tocar no pão da moça esse pão se tornará em ouro – e a jovem (ela tem dezenove anos) e a jovem não poderia mordê-lo, morrendo de fome."[4]

Não querer enfeitar ou enriquecer a linguagem e manter a sua sobriedade de austera pobreza é o que pretende o narrador ao representar a nordestina pobre, que sequer tem a capacidade de receber esta linguagem, em sua trajetória de absoluta penúria cultural. Fica patente, não obstante as boas intenções do autor, e nossas, que torcemos para que Macabéa se transforme de objeto a sujeito da história, fica patente que não basta, para isso, a simples delegação do poder da fala, ou a delegação a ser falante, a sujeito participante, quando este não possui voz. Rodrigo S. M., o narrador, tenta atingir a realidade de Macabéa, tal qual ela se apresenta, à margem dos valores institucionais, realidade porém que lhe escapa. E cria-se o impasse. Como captar a realidade viva de Macabéa, que existe em uma zona neutra, no espaço da ignorância de tudo, inclusive do que ela é, se o narrador sabe qual o seu lugar neste tecido das circunstâncias históricas, a que a linguagem tem acesso e sobre a qual exerce um poder?

Afirma Rodrigo S. M.: "Não se trata apenas de narrativa, é antes de tudo uma vida primária que respira, respira, respira"[5], e a nordestina vive "num limbo impessoal, sem alcançar nem o pior nem o melhor. Ela somente vive, inspirando e expirando"[6].

A palavra, despindo-se de enfeites vãos, quer captar a pobreza, a realidade de Macabéa, que nem pobreza enfeitada tem. Mas como lidar com a representação, se ela, como tal, já é objeto outro? Como tratar da fome? Como tocar no pão da moça?

4 Idem Ibidem, p. 19.

5 Idem Ibidem, p. 17.

6 Idem Ibidem, p. 30.

A narrativa transforma-se, então, numa busca de identidades culturais, existenciais e sociais: a narradora Clarice, como tal, aparece no início do romance e escolhe, ironicamente, como narrador, um homem, Rodrigo S. M., porque homem suportaria mais galhardamente o sofrimento da história, enquanto mulher poderia, segundo a expressão do narrador, "lacrimejar piegas"...[7]

E é por esse Rodrigo que ela tenta desvendar Macabéa, esta coisa que se apresenta como um objeto meio não identificado, ser humano meio fora do lugar, para além da honorável sociedade nacional.

Se a narrativa se faz nesse "trânsito" de identidades em cotejo, nos polos do confronto encontram-se a cultura do homem do centro urbano cosmopolita e a ausência deste sistema cultural na vida da pobre nordestina imigrante no Rio de Janeiro.

Esse romance, que poderia ser considerado uma versão dos anos 1970 do "romance nordestino" de longa tradição na literatura brasileira desde sobretudo os anos 1930, não se detém apenas na indignação e lucidez crítica, um tanto perplexa e comovida, é bem verdade, perante a situação de injustiça social a que a nordestina é relegada como objeto de cultura. Vai mais além, porque se volta para uma perquirição também contra si mesma, questionando a função e o papel do intelectual que se dispõe a representar este extrato cultural; para isso, tem de enfrentar a disparidade de condições de classe (e aí repousaria a consequente coragem? ou ousadia? ou talvez orgulho?) ao se defrontar com uma difícil verdade: a de que usa o pobre como objeto de estudo.

A capacidade desmistificadora de Clarice, com sutil e perversa ironia, alerta para a atitude ambígua – e por vezes pérfida – do intelectual brasileiro, cuja força de gravitação reside no trabalho por vezes humilde e cheio de boas intenções, mas, por razões quem sabe de contexto social, marcado, por vezes involuntariamente, pela sua inevitável prepotência competente.

7 Idem Ibidem, p. 18.

Entre o folhetim e a metaficção

Em cotejo, cruzam-se os elementos deste universo de linguagens, a alimentar todas as camadas da construção de sentido da narrativa. O tema é o da representação do mundo e da avaliação dos alcances e limites deste poder e não poder. Daí as semelhanças: ambos, narrador e personagem, batem à máquina, escrevem, datilografam. O escritor: inventando, criando, comentando, analisando, interpretando, autocriticando, lamentando; a nordestina: mal copiando, ou seja, copiando errado. Porque além – ou aquém (tanto faz) – do ponto da convenção do registro escrito, Macabéa paira, em percepção ingênua do escrever tal como ouve: "e copiava a letra linda e redonda do amado chefe a palavra 'designar' de modo como em língua falada dizia: 'desiguinar'"[8].

Gosta da palavra "efeméride", embora não saiba o que significa, como não sabe o que quer dizer "renda per capita". Cada lance de Macabéa surge como mais um dado do que o narrador chama de incompetência para a vida. Diz ele: "Faltava-lhe o jeito de se ajeitar."[9] Daí o seu lugar, diferente dos demais, no círculo das relações. Glória, sua colega de escritório, é boa de corpo, desejada por Olímpico, o ex-namorado de Macabéa. Se, de um lado, ela cuida de Macabéa com atenção e cuidado, por outro lado, pretende mesmo é se casar com Olímpico. O chefe do escritório, seu Raimundo, tem bom coração, embora exija, dela, o que ela não tem: limpeza, capricho, competência nos trabalhos de datilografia. O médico ambicioso e frustrado, por ser médico de pobre e não ter condição de lhe curar a fome, reage com certa violência, irritado, impaciente, com a má sorte de Macabéa – e sua. A cartomante, que lhe vende ilusões, dá a última cartada: o sonho de um casamento feliz, de um happy end nos moldes do "gran finale" ultrarromântico, apressando, assim, o fatal atropelamento da infeliz

8 Idem Ibidem, p. 20.

9 Idem Ibidem, p. 31.

personagem. As colegas de quarto não compreendem Macabéa, nem tentam dela se aproximar. E todos os outros da grande cidade, simplesmente, nem sequer enxergam essa mulher insignificante.

De fato, Macabéa ocupa o lugar neutro em que apenas vive, pulsando como um ser... animal, selvagem, arcaico, antigo, primordial. Por ingenuidade, Macabéa não concede – nem exige. Vive o não ter e o faz tão naturalmente como se o não não existisse.

Encarna, assim, a mais autêntica tradição da miséria sertaneja: nasce raquítica, perde os pais por "febres ruins", é maltratada pela tia, brinca com pulgas quando criança, passeia com o namorado Olímpico em dia de chuva, parando em vitrines para ver pregos e parafusos... Vivia de menos. Segundo o narrador, "gastando pouco de sua vida para esta não acabar"[10]. E comia papel pensando em coxa de vaca. Não me parece gratuito o fato de se representar nesse romance o lado mais desprezado – e o mais, milagrosamente, ainda vivo, pela figura de uma mulher: animal do gênero feminino adaptado ao percurso longo e difícil de sucessivos nãos que lhe foi dedicando a tradição de uma história poderosa.

Pois à marca de classe pobre e de gênero feminino corresponde, ainda, outra marca, a de gênero narrativo, a caracterizar o mecanismo de tal linguagem romanesca: prosa esta que traz o tom do folhetim, literatura a ser consumida pela massa. Aliás, a situação de Macabéa é a de "milhares de moças espalhadas por cortiços, vagas de cama num quarto, atrás de balcões trabalhando até a estafa. Não notam sequer que são facilmente substituíveis e que tanto existiriam como não existiriam. Poucas se queixam e ao que eu saiba nenhuma reclama por não saber a quem. Esse quem será que existe?"[11]

O caráter folhetinesco existe, entre outros, no jeito meio desarticulado da história de Macabéa, alimentada por certa fantasia, certo querer, que,

10 Idem Ibidem, p. 40.

11 Idem Ibidem, p. 18.

contudo, não se efetiva: quando quer, nada alcança. E se adquire certa esperança, a de se casar, por exemplo, com o alemão louro e rico, agindo como embrião de sujeito em ação, morre. E – mais uma crueldade da narradora – morre atropelada justamente por um Mercedes-Benz amarelo. E – mais outra crueldade – conquista nessa hora a sua hora de esplendor, de brilho, centro de atenção de todos que param na rua diante do seu corpo, enquanto Macabéa, em agonia, tenta "vomitar" o que parece ser uma "estrela de mil pontas" – símbolo do Mercedes, talvez, estrela que já não é corpo, que é "algo luminoso" e que lhe atravessa o corpo martirizado. Para esta personagem, Macabéa, o mundo reserva uma ida sem volta.

As grandes e, não menos, pequenas ações, de amor e morte, de paixão e crime, unem-se a um sentimentalismo exacerbado, embora discreto e contido. Macabéa chora ao ouvir "Uma furtiva lágrima" no rádio. E o rádio está presente em sua vida como também está a sucata de jornais velhos, cujos anúncios, de produtos que nunca poderia usufruir, coleciona e prega num álbum. Até seus vagos desejos – ver fogos de artifício, pintar as unhas, roídas, de vermelho, levar um homem bonito para casa – são dados de caráter folhetinesco, tal como são trazidos, enxertados numa narrativa acionada por um narrador culto.

Somem-se a isso os pormenores grotescos do *kitsch*: Olímpico, o namorado, o que fala por clichês e quer ser deputado, orgulha-se de seu dente de ouro; Macabéa, além da dor de dentes, sente uma dor generalizada pelo corpo franzino; e a cartomante, dona Carlota, usa dentaduras postiças e enfeita a casa com plástico: poltronas, sofás, flores. O que Macabéa acha um "luxo".

Rádio, cinema, jornais e revistas, músicas com publicidade e cultura de almanaque, compõem o pano de fundo cultural da nordestina cuja história ora tende para o "LAMENTO DE UM BLUE", ora para a "HISTÓRIA LACRIMOGÊNICA DE CORDEL", conforme dois dos treze títulos que apresentam este romance, logo no seu início, atravessados pela marca do autor: a assinatura de Clarice Lispector[12]. E o narrador movimenta-se na narrativa: ora é o que tem o poder da escrita, homem da média burguesia; ora é também o marginal sem classe social. Atesta: "a classe alta me tem como um monstro esquisito, a média com desconfiança de que eu possa desequilibrá-la, a classe baixa nunca vem a mim"[13]. Seja como for, em qualquer uma dessas vozes ou linguagens, o narrador é o que reconhece na classe baixa, às vezes radicalmente designada por ele como "gentinha" e "zé-povinho", o gênero com que enfeita a sua narrativa, mediante sofisticações do romance que se conta a si mesmo, operando-se como metaficção que incorpora a estrutura do folhetim e traçando tal percurso com lúcida e perplexa consciência crítica, luxos narrativos de "história em tecnicolor" a que este Rodrigo – ou esta Clarice implícita – não ficou imune.

Cada uma dessas posições de voz parece trazer, em si, o movimento ambíguo, de bem e mal, de culpas e de desculpas, de responsabilidades e alienações, de inferno e paraíso, que alimenta isso que a certa altura o narrador chama de vida. O impasse, também e mais uma vez pela via irônica, traz, para nós, leitores, a indagação sobre os alcances e limites do próprio livro.

Esse dado se faz presente no registro que transcrevo para finalizar minhas considerações; nele está sedimentada a voz de Rodrigo S. M., ou melhor e quem sabe, a narradora Clarice aí implícita, que subjaz, sorrateira, sob a capa dissimuladora da linguagem de ingenuidades e ignorâncias, para lançar, em boa hora, a denúncia de um estado de emergência e de calamidade pública. Afirma o narrador:

(...) se houver algum leitor para esta história quero que ele se embeba da jovem assim como um pano de chão todo encharcado. A moça

12 Idem Ibidem, p. 13.

13 Idem Ibidem, p. 24.

é uma verdade da qual eu não queria saber. Não sei a quem acusar mas deve haver um réu[14].

Fica, para nós leitores destes sujeitos mais e menos poderosos, um riso meio torto, amargurado e desconfortável, tal como a "dor de dentes" de Macabéa, que atravessa a história sem estardalhaço, mas em fina e permanente pungência.

14 Idem Ibidem, p. 48.

"Quando o objeto, cultural, é a mulher" – *Nádia Battella Gotlib*
Primeira publicação no número 16 da *Organon*, revista científica do Instituto de Letras da Universidade Federal do Rio Grande do Sul, Porto Alegre, 1989.

Escreves estrelas (ora, direis)

Clarisse Fukelman

Clarice Lispector deixou vários depoimentos sobre a sua produção literária. Em alguns, parecia se defender do estranhamento que causava em leitores e críticos. Ela tinha consciência de sua diferença. Desde pequena, ao ver recusadas as histórias que mandava para um jornal de Recife, pressentia que era porque nenhuma "contava os fatos necessários a uma história", nenhuma relatava um acontecimento. Sabia também, já adulta, que poderia tornar mais "atraente" o seu texto se usasse, "por exemplo, algumas das coisas que emolduram uma vida ou uma coisa ou um romance ou um personagem". Entretanto, mesmo arriscando-se ao rótulo de escritora difícil, mesmo admitindo ter um público mais reduzido, ela não conseguiria abrir mão de seu traçado: "Tem gente que cose para fora, eu coso para dentro." Ela se afastou dos "escritores que por opção e engajamento defendem valores morais, políticos e sociais, outros cuja literatura é dirigida ou planificada a fim de exaltar valores, geralmente impostos por poderes políticos, religiosos etc., muitas vezes alheios ao escritor", em nome de uma outra forma de questionar a realidade e nela intervir, através da literatura.

Talvez sem o saber, Clarice estava optando por um tipo de escrita característica do escritor moderno, para quem, no dizer do crítico francês Roland Barthes, escrever é "fazer-se o centro do processo de palavra, é efetuar a escritura afetando-se a si próprio, é fazer coincidir a ação e afeição (...)". Por esta via, formula-se uma outra qualidade de experiência envolvida na escrita, uma nova perspectiva pela qual a linguagem é concebida: mais importante do que relatar um fato, será praticar o autoconhecimento e o alargamento do conhecimento do mundo através do exercício da linguagem.

A hora da estrela leva esta proposta às últimas consequências e por isso a sua leitura torna-se tão instigante. É certo que aqui reencontramos a agudeza na investigação da natureza e psicologia humanas e o gosto pela minúcia, patente no trato dado à palavra, tão peculiares a Clarice Lispector. Mas se lermos o livro como hora e vez, inserindo-o no conjunto de sua obra, constataremos que existe algo de novo para além do insólito prefácio, em forma de dedicatória, da frouxidão do enredo, da mescla de linguagem sutil com um tom desnudo e cru ou, ainda, da intimidade com que o choque social é apresentado. É que aqui a Autora aborda de frente o embate entre o escritor moderno, ou melhor, do escritor brasileiro moderno, e a condição indigente da população brasileira. Isto sem deixar de lado – afinal de contas, traz a assinatura de Clarice Lispector – a reflexão sobre a mulher.

A discussão se arma a partir de estórias que se entrecruzam, como num acorde musical: a da vida de Macabéa, imigrante nordestina que vive desajustada no Rio de Janeiro; a do Autor do livro que, embora sem rosto definido, se dá a conhecer nos comentários que faz; e ainda a estória do próprio ato de escrever. Em verdade, esta última estória promove o grande elo entre todas. Escrever o livro, escrever Macabéa e, sobretudo, escrever a si mesmo, eis o grande desafio. Dessa proposta cria a dramaticidade da narrativa, pois a escrita envolve múltiplas e complexas relações; entre escritor e seu texto, entre escritor e seu público, entre escritor e este personagem tão distante de seu universo. A linguagem, moeda de comunicação entre os homens, ganha foros de personagem. E personagem em crise. Emergem indagações: a palavra que se usa expressa o que se é verdadeiramente? é a linguagem que funda a realidade? a palavra distancia ou aproxima pessoas? dispor da palavra é um dom ou uma maldição? que palavra cabe ao artista contemporâneo? que palavra se adequaria ao escritor terceiro-mundista para falar de um Brasil miserável? que papel se espera do artista?

Assim posto, o enredo, fugaz em aparência, revela algumas de suas linhas de sustentação. Está em jogo a linguagem – seu poder de conhecimento, de comunicação e de convencimento – e com ela debatem-se a existência humana e os laços sociais. O patente isolamento das pessoas parece conduzir a uma reflexão sobre a condição do ser humano, agravada por um tipo de organização social que segrega os indivíduos entre si. E o artista constata este exílio do homem na própria terra, mas não tem respostas prontas que o justifiquem. Esta inquietação o move, faz com que escreva e tente descobrir na escrita sua própria identidade e sua própria humanidade, cara a cara com as de uma outra qualquer pessoa. Em *A hora da estrela* este empreendimento assume uma ousadia e uma profundidade inusitadas. O escritor solta as amarras e vai até o fundo do poço: as origens do ser e as contradições da sociedade em que vive. Para tal, tomando por base a linguagem, ele se dispõe a três tipos de abordagem: filosófica, social e estética. Pela perspectiva filosófica, enfoca os limites e alcances do conhecimento do mundo mediante a palavra e a consciência, através das quais o ser humano se distingue dos outros seres; pela perspectiva social, investiga os impasses criados pela separação dos indivíduos em diferentes grupos, dando destaque à inserção do escritor e do nordestino na sociedade brasileira; pela perspectiva estética, sonda o gesto criador e o trabalho na busca da expressão que inaugure uma apreensão original do real. Os três aspectos, é claro, apresentam-se de forma imbricada no livro.

Pelo ângulo filosófico, a evidência de que as origens do ser se perdem no tempo, e de que é impossível voltar à época em que "as coisas acontecem antes de acontecer", leva o indivíduo a um estado de perplexidade. Ao afirmar que "Tudo no mundo começou com um sim", o narrador revela que sabe que as coisas se criam por um ato de vontade e de afirmação. Sabe, portanto, do modo pelo qual algo passa a existir. A compreensão deste algo, no entanto, esbarra naquilo que o antecedeu e que possibilitou a expressão de uma vontade, possibilitou haver o não e o sim, para que, então, a escolha se fizesse. Mais importante do que o modo pelo qual algo que não existia ganha existência, há o problema fundamental da origem, do começo de tudo, que se situa em uma ordem temporal inapreensível pelo homem: "Sempre houve. Não sei o quê, mas sei que o universo jamais começou."

Assim, a pessoa se faz intermináveis perguntas e vive uma série de faltas. A única "verdade" indiscutível são as existências individuais. Intui, por certo, a identificação de todos em uma unidade ("Todos nós somos um"), mas a unificação se mostra principalmente pela carência ("e quem não tem pobreza de dinheiro tem pobreza de espírito ou saudade por lhe faltar coisa mais preciosa que ouro – existe a quem falte o delicado essencial"). Fica apenas a constatação de que cada ser é um fragmento ou parte de algo. Daí projetar-se, como sentido íntimo da realidade, a realidade que sempre está faltando. Mais dolorosamente ainda, existe a consciência de cada um, advertindo sobre este vazio, e o empenho em transpô-lo. A consciência aflora como atributo humano paradoxal: dá instrumentos para se tentar responder a essas indagações, possibilita que se busque o sentido da vida e também desponta como fonte de dúvidas, assinalando a ruptura de cada ser individual com um modo de existência originário, em que tudo era um todo cheio de harmonia. A consciência é condição de liberdade e, simultaneamente, aprisionamento.

Esta nostalgia de uma integração total com o Cosmos confere uma certa tragicidade ao projeto do narrador. Pois ao mesmo tempo que sabe que é um ser independente e gosta de sê-lo, anseia por uma identificação completa com o outro, por uma comunicação direta, sem obstáculos, o que acabaria anulando a sua individualidade, a sua autonomia.

A vivência de culpa, como se houvesse um erro fundamental a ser sanado, desponta desde o primeiro subtítulo do livro – "A culpa é minha" – e sempre retorna. É ela um dos sintomas deste desgarramento do homem no mundo que, vendo cerradas as portas de acesso à unidade originária, vai investigar, solitário, a dinâmica de sua existência individual. A escolha de Macabéa, anônima, "incompetente para a vida", integra essa determinação, que inclui a busca de regressão ao inumano ("Não se trata apenas de narrativa, é antes de tudo vida primária que respira, respira, respira") e a expiação de uma possível culpa.

O narrador, perpassado por toda sorte de indagações sobre o ser e o existir, atormentado pela incompletude e pela dualidade da natureza humana, para as quais as respostas são precárias, converte a busca em sua única certeza. Daí decorrem pelo menos dois movimentos centrais da narrativa.

Primeiro, como toda busca e toda pergunta são busca de algo e pergunta para alguém, o narrador, para saber, tem de desdobrar-se, tem de dialogar. Aquilo que, em uma situação comunicativa banal, passa despercebido projeta-se para o narrador como condição essencial do ser: apreender a si mesmo inclui o confronto com o outro.

Ao mesmo tempo, essa projeção traz implícito o retorno para si mesmo, quando se tenta unificar em um único sujeito individual os elementos que estão presentes nos outros seres do Universo.

Entre estes dois movimentos há uma tensão permanente no interior da obra. O narrador mantém com seu interlocutor (seja ele Deus, o leitor ou Macabéa) uma postura ambivalente de identificação e afastamento. Enquanto artista, aproxima-se de Deus, ambos criadores, e, ao fazê-lo, de certa forma humaniza-O e diviniza a si mesmo. Ao mesmo tempo, no entanto, Deus permanece enquanto figura abstrata, dominadora, que corporifica a ideia de totalidade e nisto constitui um ente demoníaco, diante do qual o homem, condenado a se expressar em palavras e fadado a morrer, se apequena ("Esse vosso Deus que nos mandou inventar"). O leitor ora é alguém com quem se solidariza, mesmo que na dor ou no desamparo, ora é alguém de quem quer distância. E Macabéa, se é nordestina como ele, dele se afasta pelo abismo social que os separa.

Em meio à tensão entre homem e mundo é que surge o debate em torno da palavra. Sendo o narrador um escritor, o diálogo será mediado pela palavra. Só que, tal como a consciência, a palavra é faca de dois gumes, pois ao mesmo tempo que constitui um instrumento de aproximação há o risco de a palavra do artista "abusar de seu poder" e aniquilar a palavra de Macabéa. Disso resultaria o fracasso dessa experiência ficcional, o que, no caso, significaria o fracasso do seu projeto de escrever enquanto projeto existencial.

Por tudo isso, *A hora da estrela* acha-se mergulhado no desassossego da ausência de sentido de tudo e de todos. É um livro de caça. O narrador-escritor está diante da morte de Deus enquanto horizonte de sentido no homem e para o homem e, ao mesmo tempo, padece da figura poderosa do Criador. Vai ele, então, vasculhar a sua interioridade que, no entanto, sempre lhe escapa. Vai ele indagar o sentido da existência de Macabéa e sua tosca manifestação de vida. Nesta verdadeira viagem, põe a nu a sua imagem de escritor e denuncia a mentira de uma palavra transparente, "verdadeira", usada como forma de comunicação entre os homens e do homem consigo mesmo. Essa trajetória aproxima Clarice Lispector de outros escritores modernos, como Fernando Pessoa, que colocaram sob suspeita a comunicação direta.

A perspectiva social vai assim se definindo. A reflexão sobre o projeto ficcional em *A hora da estrela* será o meio pelo qual denuncia as máscaras sociais que encobrem a crise fundamental do indivíduo, alienado de si em rígidos papéis sociais. Escrever o livro é forma de autoconhecimento ("Como que estou escrevendo na hora mesma em que sou lido"), levado às últimas consequências quando elege como heroína alguém tão inexpressivo como Macabéa. Escrever implica desnudar-se e aceitar a dor envolvida neste processo; escrever Macabéa significa enfrentar o desamparo na palavra que tenta ajustar-se à essência da natureza do ser que constrói na forma de personagem.

O narrador-escritor coloca desde o início o seu drama ao afirmar: "sou meu desconhecido". Para responder a esta falta de sentido põe à mostra a sua condição de artista. Desmistifica o seu lugar de pessoa eleita,

"Antecedentes meus do escrever? sou um homem que tem mais dinheiro do que os que passam fome, o que faz de mim de algum modo um desonesto."

ironiza a dificuldade de inserção do escritor na sociedade,

"Sim, não tenho classe social, marginalizado que sou. A classe alta me tem como um monstro esquisito, a média com desconfiança de que eu possa desequilibrá-la, a classe baixa nunca vem a mim."

desmascara o preconceito contra a escritora mulher,

"Aliás – descubro eu agora – também eu não faço a menor falta, e até o que escrevo um outro escreveria. Um outro escritor, sim, mas teria que ser homem porque escritora mulher pode lacrimejar piegas."

e põe em xeque até mesmo a importância de seu trabalho diante da manifestação de vida:

"(Quanto a escrever, mais vale um cachorro vivo)."

A ironia empregada pelo narrador nos leva, no entanto, a um outro aspecto, que a existência mesma do livro confirma: o crédito atribuído à ficção como via de acesso à compreensão do mundo. Outras passagens do livro também mostram que existe um outro modo de narrar, mais difícil, por certo, mas que permite provocar um novo olhar sobre a vida.

O seu método de trabalho configura-se como um verdadeiro ritual de iniciação ("Estou esquentando o corpo para iniciar, esfregando as mãos uma na outra para ter coragem"), que consiste em eliminar o supérfluo porque só assim poderá captar "as fracas aventuras de uma moça numa cidade toda feita contra ela". A sua atitude diante de Macabéa tem continuidade na atitude diante da linguagem. Para falar da moça terá de "não fazer a barba durante dias e adquirir olheiras escuras por dormir pouco", vestir-se "com roupa velha rasgada", tudo para se "pôr no nível da nordestina". Ao travestir-se não pretende ocultar-se em disfarce, mas fazer de si um terreno propício para que a voz e a presença de Macabéa ganhem existência sem traição, mesmo sabendo que corre o risco de uma perda de comunicação nos moldes canonizados.

Vê-se, portanto, que o narrador-escritor tece um paralelo entre uma certa postura física, espiritual e ética e a postura diante de seu instrumento de trabalho, a palavra, que "não pode ser enfeitada e artisticamente vã, tem que ser apenas ela". Para tal, opõe a palavra sem sentido, alienada ou ilusória, que ele descarta, e a palavra-expressão, nomeadora: "Mas ao escrever – que o nome real seja dado às coisas. Cada coisa é uma palavra."

A hora da estrela consiste em uma verdadeira peregrinação da escuta e da fala, ao longo da qual o escritor tenta construir, a partir do limo de uma pessoa-formiga (Macabéa) e de sua própria pessoa-gigante-de-consciência, uma estrela-pessoa e uma estrela-palavra. Assim, uma pessoa rala e muda é recolhida pelo olhar arguto de um escritor desorientado que, conduzido pela palavra e desconfiando dela, dá uma forma e um destino a si próprio e à moça nordestina. Essa busca faz com que fixe duas metas aparentemente contraditórias: a simplicidade em uma história que se quer "exterior e explícita, sim, mas que contém segredos" e a aproximação entre palavra e silêncio.

O narrador-escritor, tal como o poeta francês Baudelaire vagando pelas ruas de Paris, vê no deserto da cidade do Rio de Janeiro a decadência do ser humano através de Macabéa, representante das "milhares de moças espalhadas por cortiços" que "não notam sequer que são facilmente substituíveis (...)". Como Baudelaire, ainda, sente-se atraído por esse mundo sórdido e precário. O artista será aquele que vê por detrás das máscaras, que se inclui nessa sociedade cruel e aniquiladora e que compraz na denúncia. Os alvos favoritos serão os leitores, Deus e todo o ambiente agressivo em que se vive e do qual normalmente se desvia o olhar. Nessa perambulação constata que algo poderia ter vingado, mas não vingou, o que é dito no livro, por duas vezes, de uma maneira que nos faz lembrar o verso conhecido de Manuel Bandeira em Pneumotórax:

"Experimentei quase de tudo, inclusive a paixão e o seu desespero. E agora só queria ter o que eu tivesse sido e não fui." (p. 36)

"A gargalhada era aterrorizadora porque acontecia no passado e só a imaginação maléfica a trazia para o presente, saudade do que poderia ter sido e não foi." (p. 48)

Na primeira vez, refere-se ao escritor; na segunda, a Macabéa. Por aí pode-se inferir que essa vivência não está restrita a uma realidade particular, e sim coletiva. Com uma perspectiva mais ampla até, porque tem como pano de fundo o encontro do mundo e seu Deus.

A ousadia do desmascaramento se reflete também na meticulosidade com que o grotesco e a feiura de Macabéa são tratados. O escritor a descreve "de ombros curvos como os de uma cerzideira", com "o corpo cariado". Era "um acaso, um feto jogado na lata de lixo embrulhado em um jornal".

O interesse pelo feio e pelo grotesco é mais um dado de ligação desta obra com o elemento cômico, de inferioridade moral, mas eleva-o ao plano dos valores metafísicos. Coisa incompleta e discordante, o feio afirma o fragmentário da vida. Macabéa, "fina matéria orgânica", é exemplo concreto da existência para o Nada, sobretudo porque expõe, apenas com maior evidência, uma ausência de sentido que atinge a todos. O escritor tenta penetrar nessa feiura extrema no intuito de recobrar o que ela ainda guarda de estrela, de identidade. O grotesco vem exprimir o encontro violento do divino com o diabólico. O autor procura "*danadamente* achar nessa existência pelo menos um topázio de esplendor" (destaque nosso), algum brilho que irá avivar o contraste, e insuficiência do real.

Macabéa, em tudo e por tudo, é o oposto do herói épico. Sua trajetória de vida aponta para a inviabilidade dos grandes feitos na sociedade moderna. Retomando um conceito do crítico alemão Walter Benjamin, pode-se afirmar que ela nem sequer teve uma experiência de vida que a memória um dia pudesse ou soubesse resgatar. No máximo um canto de galo faz com que se lembre da terra da infância, mas este também é um território espúrio. Proveniente de um meio rude, órfã de pai e mãe, criada a pancadas pela tia, Macabéa não teve propriamente uma história pessoal. Felicidade para ela é um conceito oco. De índole passiva, torna-se presa fácil dos mitos e produtos da indústria cultural. Admira as grandes estrelas do cinema e sente-se fascinada pelos anúncios publicitários. As notícias descosidas da Rádio Relógio integram este contexto alienante, dentro do qual o cotidiano se faz em um tempo meramente físico, desprovido de uma ação subjetiva que com ele interaja numa proposta de transformação. Inexiste passado; inexiste projeto futuro.

O cotidiano de Macabéa confirma, em cada detalhe, a sua inabilidade e seu despreparo para o enfrentamento mais elementar diante das dificuldades inerentes à vida. Pouco habilitada para o trabalho, fracassa também no amor. A sua única conquista amorosa, o desajeitado Olímpico, foge-lhe das mãos como água. Quando já parece esgotada a denúncia de sua fragilidade, mais um pormenor desponta como se, boneca animada, Macabéa estimulasse as forças negativas do mundo, acentuando o seu lugar de vítima, até o desenlace trágico do atropelamento. A estória de Macabéa se resume à sobrevivência quase inumana, pois, para tudo o que sente e deseja, não dispõe de palavras para expressar.

Assim, o testemunho mais veemente de sua falta de posse sobre si mesma e sobre o mundo é a maneira como lida com a palavra. Ou ela se priva da palavra e permanece em um silêncio que não é opção, mas maneira precária de ser (em oposição ao silêncio enquanto momento de linguagem, de que fala Sartre); ou ela fala em dissonância. Sempre se expressa inadequadamente ou mostra interesse por palavras e conceitos reveladores de sua condição existencial e social, mas que, descontextualizados, não a levam ao autoconhecimento. De que lhe vale a magia secreta que termos como designar, mimetismo, efeméride, renda per capita, conde se somente despertam nela uma curiosidade infantil? O seu próprio nome adverte para um contrassenso, pois ela em nada se aproxima da índole heroica dos macabeus, povo guerreiro na história dos hebreus.

A perspectiva estética vem a propósito de evitar o falseamento da realidade. O narrador-escritor escolhe uma nova maneira de olhar e uma nova postura diante do narrar, indicadas no livro como distração e flash fotográfico. Em ambos destaca-se a ideia do relance, de uma súbita visão que desarma, permitindo que se apreenda algo que resiste a ser descoberto. As analogias entre palavra e sonho, pedra e silêncio vão na mesma direção.

Os sonhos deixam fluir "a penumbra atormentada" – atormentada porque toca na verdade, que "é sempre um contato interior e inexplicável". A aventura paradoxal dessa ficção consiste em pôr às claras algo que se caracteriza pela obscuridade. Para conseguir a integração entre palavra e sentido, trata a primeira como um corpo a ser trabalhado e põe à frente o seu próprio corpo a captar os sinais ocultos do ser: "Eu não sou um intelectual; escrevo com o corpo."

Esta solidificação dos fatos se faz por uma leitura da história do Nordeste sem identidade em Macabéa e pela articulação entre sua obra e a história literária brasileira. Abdica de ser modernoso, satiriza a "história com começo, meio e 'gran finale' seguido de silêncio e de chuva caindo", estabelece um diálogo com a literatura de cordel, em que o Nordeste se fala e a literatura que fala o Nordeste.

Por este último confronto, escolhe o nordestino que mudou de espaço, desenraizou-se, perdeu o respaldo de seu grupo, bloco estigmatizado e mudo na vida da grande metrópole. Comovido, o narrador se desvincula do padrão de interpretação "realista", deixando vazar a sua ternura e o seu desespero por suas personagens nordestinas. Macabéa e Olímpico. Reescreve assim a famosa frase de Euclides da Cunha – "O sertanejo é, antes de tudo, um forte" – para "O sertanejo é antes de tudo um paciente. Eu o perdoo". Se o interesse pela figura do nordestino se mantém, ela exige, no entanto, uma nova dicção: a da palavra-pedra, da linguagem do poeta pernambucano João Cabral de Melo Neto. A "palavra tem que parecer com a palavra", pois o escritor se apaixonou "por fatos sem literatura" – fatos são pedras duras (...)". Como para Cabral, há um aprendizado com a pedra, uma adesão à dureza dos objetos que serve para restituir a natureza própria das coisas e chamar a atenção para o processo de nomeação.

O leitor é levado a apreender as coisas por dentro e o narrador, tentando traduzi-las assim, chega ao paradoxo de converter o silêncio em seu alvo-limite, pois seria a forma mais direta e concreta de atingir a plenitude do sentido das coisas: o silêncio neutralizaria os ruídos que impedem uma visão mais autêntica dos fatos.

O silêncio assusta Macabéa porque nele há a "iminência da palavra fatal", pode desencadear o contato com o mistério e despertar para um modo diferente de existência. Assim como o murmúrio e a reza, o silêncio desloca o homem do esquecimento de si próprio e faz com que viva o "oco da alma". O silêncio provoca a angústia de se descobrir como simples estar-no-mundo, entregue a si mesmo, desamparado da firmeza que o senso comum lhe oferece. O silêncio constitui a manifestação extremada da linguagem esvaziada, mas que emite novas significações.

Como desdobramento da relação entre palavra e silêncio, articula-se uma outra, entre palavra e música. A referência à música impregna todo o texto, pontuando-o de fio a pavio. Isso mesmo: sublinhando o seu fio, a sua tessitura; marcando-lhe o alvo, limite, ponto de explosão.

Ela está presente desde o prefácio, ao qual, terminada a leitura, somos impelidos a voltar para melhor entender a relação que mantém com a narrativa como um todo, a significação da música e outras questões relativas à proposta ficcional do livro.

A intrigante "Dedicatória do Autor (Na verdade Clarice Lispector)" nos apresenta um ser duplo. Uma das faces, externa, masculina neutra, sugere uma categoria ou função; a outra face, mal escondida nos parênteses, é a de Clarice Lispector, pessoa individualizada. Ao colocar entre ambas a expressão "na verdade", somos tentados a confrontar as duas imagens. Mas este não pode ser visto como um ou outro lado. É fruto da articulação de ambos. Este ser múltiplo chama a atenção para a situação da ficção enquanto jogo de máscaras, onde o foco irradiador de verdade é posto sob suspeita, a própria ideia de verdade aflora como ponto de reflexão. Logo se percebe que há uma proposta lúdica, cabendo-nos aceitar o jogo de dissimulação inerente à ficção. Nesta, a verdade não está em um ou outro lugar, a começar pela autoria do livro. Para tudo haverá uma gama bem grande de opções. Se uma "verdade" existe, ela se dá na multiplicidade de versões que um fato, estória ou pessoa podem fazer evocar. A ficção é este jogo. Na literatura, jogo feito com linguagem.

Esta observação se enriquece quando contextualizada. Trata-se da dedicatória do livro, lugar reservado à expressão da afetividade, antessala do texto, em que se estabelece um diálogo entre aquele que oferta e aquele que recebe o livro.

O autor começa chamando a obra de "esta coisa aí", o que parece indicar uma tentativa de afastamento entre ele e a obra realizada, com relação à qual estaria criando um distanciamento ácido. Esta interpretação se choca, entretanto, com o gesto de dedicar e, sobretudo, com os destinatários, "o amigo Schumann e sua doce Clara que hoje são ossos, ai de nós". Nota-se lamento diante da morte física daquele músico e de sua esposa, apenas redimida pela continuidade da obra que deixou, mas que não deixa de existir enquanto fato.

Em seguida, o verbo dedicar transforma-se em dedicar-se, provocando uma mudança de sentido, pois confere à ação uma dimensão temporal ininterrupta, reavivando o sentido religioso que há em dedicar-se, o empenho de continuidade, de ligação profunda, para a qual a música desempenha um papel fundamental. Opera-se um trânsito do eu para consigo mesmo, cuja trilha consiste no contato com a interioridade e a anterioridade.

A forma de expressar tanto a interioridade física (sangue, ossos) quanto a imaginária (gnomos, anões etc...) recobre um rico campo simbólico. A dimensão imaginária configura-se através de entes da mitologia: os gnomos, pequenos gênios que, para o Talmude e a Cabala, presidem a Terra dos tesouros; os anões que, em versão da tradição popular germânica, surgiram do sangue e dos ossos de um gigante e, peritos no trabalho de forja, conhecem o futuro; as sílfides, gênios do ar; e as ninfas, que conhecem e dominam a natureza. Percebe-se, pois, que o escritor dedica-se ao culto de figuras lendárias identificadas entre si pela força vital.

A interioridade física vem representada por partes do corpo que assinalam o confronto entre vida (sangue) e morte (ossos), traduzindo a reserva vital a ser buscada pelo indivíduo. O escritor está nos comunicando que se dedica a estados fronteiriços, capazes de proporcionar um encontro com a experiência originária. Ter acesso a estes estados desencadeia um verdadeiro abalo sísmico, pois atinge-se uma região recôndita do ser com tal veemência que somente imagens paradoxais podem traduzi-la em palavras: "vibração de cores neutras", "zonas assustadoramente inesperadas". Esta sintonia concentra todos os tempos: "todos esses profetas do presente e que a mim me vaticinaram a mim mesmo."

Este elo vem expresso, conforme vimos, através dos verbos dedicar e dedicar-se que, etimologicamente, significam, o primeiro deles, dizer para e o segundo, dizer através de si para. Há um encontro no dizer, na palavra tocando os sentidos e abalando a inteligência. A arte musical, com sua linguagem abstrata, somada à linguagem simbólica das cores, traduz a revolução deste indivíduo que, habitando o núcleo de seu ser, explode: "A ponto de eu neste instante explodir em: eu." Explodir: irromper, vociferar. Sim, porque o que ele descobre o leva a sensações humanamente insuportáveis. Neste momento, afigura-se o apelo ao outro, como resultado de um doloroso sentimento de incompletude e solidão. Aquele nós do começo, convocado para partilhar a dor da morte de Schumann, volta a ser chamado para, numa solidariedade abismal, suprir uma lacuna. Todas as pessoas são seres ambulantes. Chegado a este estágio, o escritor não mais dedica ou dedica-se, mas medita – exercita-se, repete um papel, reflete: "Meditar não precisa de ter resultado: a meditação pode ter como fim apenas ela mesma. Eu medito sem palavras e sobre o nada."

Eis o porquê da presença da música, forma de comunicação que prescinde da palavra, porque os sentimentos a sobrepujam. Mais particularmente a música romântica e toda a música clássica (no sentido de erudita) que pretenda o efeito artístico apregoado pelos músicos românticos, conforme se pode conferir nos depoimentos deixados por Jean Paul a respeito de Schumann.

O escritor de *A hora da estrela* afirma: "A minha vida a mais verdadeira é irreconhecível, extremamente interior, e não há uma palavra que a signifique." A história do livro transcorre "em estado de emergência". A sua vida (do escritor e da obra) depende de um movimento – "trata-se de livro inacabado" –, que exige a participação do outro para continuá-la. Assim, *A hora da estrela* retoma e redimensiona questões que marcam a literatura moderna, confrontada com a crise do herói desorientado e da palavra nomeadora.

Nas três formas – dedicar, dedicar-se e meditar – há um denominador comum: o dizer. Nele de fato concentra-se o grande desafio para as pessoas que queiram ter uma relação autêntica com a vida e também o desafio para o escritor, já que é a sua matéria-prima básica. Pois se é verdade a afirmação inicial do livro, de que "tudo no mundo começou com um sim", temos diante de nós um enigma a decifrar e um desafio a empreender. O enigma se refere ao primeiro sim (a origem do mundo); o desafio é dizer sim com Clarice Lispector, para continuarmos inventando o mundo. Por isso o texto termina com uma única palavra ocupando todo um parágrafo: "Sim." A nós, cabe continuar este movimento estelar. Eis a grande arte de Clarice Lispector.

"Escreves estrelas (ora, direis)" – *Clarisse Fukelman*
Primeira publicação como apresentação da edição
de *A hora da estrela*, na série Mestres da Literatura
Contemporânea, da Editora Record, Rio de Janeiro, 1984.

O grito pelo silêncio

Eduardo Portella

Devemos falar de uma nova Clarice Lispector, "exterior e explícita", o coração selvagem comprometido nordestinamente com o projeto brasileiro?

A resposta não cabe nos limites de um não incisivo ou de um sim categórico. É não porque Clarice sempre foi uma escritora brasileira, capaz de transpor o simplesmente figurativo ou o apenas folclórico, e pedir – como diriam os espanhóis – um Brasil "desde dentro". É sim, porque esta narrativa de agora se amplia numa alegoria regional, que é também a alegoria da esperança possível.

Mas tudo isso já começa a ser uma sequência de respostas. E esta narrativa é, toda ela, uma interminável pergunta. A supervalorização da resposta deve ser catalogada entre as debilidades da condição humana. Corremos para ela, somos de tal modo arrastados pelo seu fascínio, que já não conseguimos vislumbrar a grandeza escondida na falta de resposta. Deixemos que a pergunta cruze livre o espaço da narrativa, como uma espécie de imagem vazia, de símbolo ou de estigma – mudo resumo de uma indagação maior, curtida no encontro, ou no desencontro, daquela "resistente raça anã teimosa que um dia vai talvez reivindicar o direito ao grito" com o "ambicionado clã do sul do país": o nordeste rural na sua difícil contracena com a engrenagem urbana. *A hora da estrela* ou "as fracas aventuras de uma moça numa cidade toda feita contra ela". De um lado a "terra serena da promissão, terra do perdão"; do outro, o sufoco, o vale-tudo, a agressão da "cidade inconquistável" – os dois brasis.

O jogo alternado do tudo e do nada, que seria a história do Nordeste se não fosse a da própria peripécia humana, se encarrega de intensificar o processo de textualização; vertiginosamente, porque o nada e o tudo podem acontecer num minuto inesperado: numa esquina qualquer de um país conhecido, somos tomados pelo "sentimento de perdição no rosto de uma moça". E nesse momento ela deixa de ser o transeunte anônimo, solitário e inconsequente, para adquirir o sentido incômodo de uma provocação em aberto. A moça alagoana é um substantivo coletivo. A perda, o vazio, o oco são instâncias metafóricas da interdição histórica. Mas com uma consciência radical e avassaladora: só se é tudo a partir do nada. O não-ser da moça nordestina – o não-ser do Nordeste? – é o Midas de tudo. Somos o que nos falta.

Podemos entender perfeitamente por que o narrador carrega consigo toda a culpa do mundo. E por que ele não consegue nunca se afastar do seu personagem central – a moça –, ou do seu "personagem predileto" – a morte –, culminando com aquela constatação final, onde os três se reúnem e se abraçam para sempre: "A moça me matou." A identificação do narrador com a moça ("Quando penso que eu podia ter nascido ela – e por que não? – estremeço?"). Esteve constantemente movida pelo combustível da culpabilidade.

O narrador assume, ao longo da história, três formas diversas de presença: a primeira delas faz do monólogo do narrador o fio condutor da ação e da reflexão, da linguagem e da metalinguagem. À proporção que a temperatura trágica se eleva, as interferências monologais passam a desempenhar função supletiva de amortecedor do sistema, com a cumplicidade permanente do impulso irônico. Já no segundo movimento, embora sem abrir mão das pausas ou das ingerências monologais, o narrador prefere o puro e simples relato, contando, descrevendo ("Descrever me cansa"), mas retornando rapidamente à proteção vertical do monólogo. Só no terceiro desdobramento – e a conversa entre a moça e o rapaz no banco da praça pública constitui um escasso exemplo – o narrador passa a palavra ao outro. A sua culpa era demais para que ele pudesse se ausentar da cena. Será oportuno falar-se em projeções de um narrador culpado? Não.

O narrador poderia, por meio de um mecanismo de compensação inevitavelmente fraudulento, mistificar a trajetória daquela "moça entre milhares delas". Bastaria recorrer aos serviços prestimosos do sublime. A culpa do narrador se deslocaria para a narrativa e, no lugar da guerra criadora, se instalaria um armistício convencional e inútil. Nada disto, porém, aconteceu. O corte grotesco – humano, demasiado humano, tão humano que dói – expôs sem complacência as lesões que a moça alagoana trazia no corpo e na alma. O retrato sem retoque é a decidida renúncia ao sublime. O Nordeste só conheceu o sublime nas bandejas de prata dos banquetes coloniais.

A opção de Clarice Lispector foi a opção da linguagem, na certeza de que ela é o verdadeiro lugar da existência. A linguagem como energia, atividade, trabalho, produtividade do sentido: não somente as palavras e as frases, mas um "sentido secreto", que é mais do que elas. E este "sentido secreto" só se dá por inteiro no nível do silêncio. Não a mudez opaca e doente, porém a forma dilacerada do grito. É preciso que se ouça o grito contido no interior do silêncio; que se perceba o destino sisifiano da palavra. Nós nos suicidamos em cada palavra que pronunciamos; e no entanto não podemos viver sem falar. O importante agora é saber escolher os modos radicais do verbo. E o narrador, entre pronunciar e prenunciar, não vacila: "O definível está me cansando um pouco. Prefiro a verdade que há no prenúncio." O prenúncio, o dizer menos o fracasso. O prenúncio é mais do que o anúncio, porque sabe calar, na mesma medida em que a ocorrência é o prenúncio exaurido, porque não sabe silenciar.

A vida é um problema de linguagem. De tal forma que a moça nordestina nasce sob a égide da palavra, mesmo que aturdida por uma retórica escusa, acionada delirantemente pelos fados providenciais de "madama Carlota", meretriz aposentada, cartomante convertida. De qualquer maneira, e apesar dos pesares, ou apesar do encontro marcado com o crepúsculo, a moça experimentou a antevisão da aurora – "a cartomante lhe decretara sentença de vida", e ela era "uma pessoa grávida de futuro". O "Mercedes amarelo" não pode vencê-la. Ao ser colhida por ele (e eu que pensava que não se podia escrever mais histórias com happy end) já havia assumido para sempre a felicidade impossível, num esforço sobre-humano que consistiu em mitificar o pesadelo em sonho. Mais do que um minuto de silêncio, ela merece a vida. E o que dizer do seu autor?

"O grito pelo silêncio" – *Eduardo Portella*
Primeira publicação como prefácio da primeira edição de *A hora da estrela*, Livraria José Olympio Editora, Rio de Janeiro, 1977.

Clarice Lispector

que a olhava espantada, pois em vez de batom parecia que grosso sangue tivesse brotado dos lábios por um soco em plena boca, com quebra-dente e rasga carne (pequena explosão). Quando voltou para a ~~sala~~ sala de trabalho Glória riu-se dela:

— Você endoidou, criatura? Pintar-se como uma endemoniada? Você até parece mulher de marinheiros.

~~Gl~~ Quanto a Olímpio, para impressionar Glória e cantar logo de galo, comprou pimenta malagueta das brabas na Feira dos Nordestinos e para mostrar à nova namorada o durão que era mastigou ~~fa~~ em plena polpa a fruta ~~dos~~ do diabo e nem sequer tomou um copo ~~dag~~ de água para apagar o tremendo fogo nas entranhas. Pelo contrário: o ardor quase intolerável o enrijeceu, sem contar que Glória assustada, passou a obedecê-lo. Ele pensou: pois não é que sou um pecador? ~~Olímp~~ E agarrou-se em Glória com a força de um zangão: ela lhe daria mel de abelhas e carnes fartas. Não se arrependeu um só instante de ter rompido com Macabéa: seu destino era o de subir para um ~~dia~~ dia entrar no mundo dos outros. Ele ia se locupletar, o grande machinho. Ia

Autor
depois do médico

Sim.

Sim, estou apaixonado por Macabéa, a minha querida Maca, apaixonado pela sua feiura e anonimato total (ela não é para ninguém) apaixonado por seus ~~frágeis~~ pulmões frágeis, a magricela. Quisera eu tanto que ela abrisse a boca e dissesse:

— Eu sou sozinha no mundo e não acredito em ninguém todos mentem, às vezes até na hora do amor, eu não acho que um ser se comunica com o outro, a verdade só me vem quando estou sozinha.

Macabea sente agora um fundo enjôo de estômago ~~passa~~ quase vomitar ela que nunca vomitara para não desperdiçar. Queria vomitar o que não é corpo, vomitar algo luminoso. estrela ~~logo que~~, ela vomitou um pouco de sangue, é vasto espasmo, enfim o âmago tocando mil pontos no âmago: vitória! e então! súbito grito estertorado de uma gaivota!!!

A súbita águia voraz erguendo para os altos ares a ovelha terna!!! O macio gato estraçalhando um rato sujo e qualquer, a vida come a vida!!

Sim, foi este o modo como eu quis dizer que — que Macabea morreu. Estava enfim livre de si e de nós. Não vos assusteis, morrer é um instante, passa logo eu sei, porque ~~eu a morte~~ eu acabo de morrer. Desculpai-me esta morte: é que não pude evitá-la,

A gente aceita tudo porque já beijou a parede. Enfim um ~~Egar~~ meu de revolta: o morticínio dos pombos!

E silêncio * Sinos ~~...~~

Eu que me especializei na ~~...~~ dor dos vivos e a morte é a minha ausência de mim mesmo.

Morrendo ela virou ar

~~Apareceu portanto o fantasma~~
~~Dor~~ do homem magro de paletó puído tocando violino ~~[illegible]~~ na esquina. Este homem eu o vi uma vez ao anoitecer quando eu era criança ~~em Recife~~ e o som espichado, romântico e fino sublinhava com ~~uma~~ uma linha dourada o mistério da rua — junto do homem havia uma latinha de ~~[illegible]~~ zinco onde barulhavam metálicas as moedas que os transeuntes ~~[illegible]~~ lhe jogavam em gratidão por ele lhes plangir a viola. Esta imagem só agora ~~pode~~ me veio à tona e só agora brotou-se-me o seu secreto sentido. (Quando eu morrer vou ouvir de novo o violino na esquina). Macabéa, ave Maria, ora pro nobis, cheia de graça, terras serenas, terras da promissão, terras do perdão. Por que? é assim porque é assim. Via-se que estava viva pelo piscar dos olhos. ~~E~~ (Mas quem sabe, ela estava precisando mesmo de morrer? porque há momentos em que a pessoa está precisando sem nem saber, ~~porque~~ é ~~[illegible]~~) substitue a morte por um seu símbolo. Mas acho que ainda não chegou a hora de Macabéa, pelo menos ainda nada consigo adivinhar. ~~Que~~ Tudo pare enquanto ainda não sei se ela vai morrer. ~~[illegible]~~ Tanto estava viva que mexeu-se devagar e acomodou o corpo numa posição fetal. Havia uma certa sensualidade no modo como se encolheu. E então ela disse uma frase que nenhum entendeu e talvez nem ela mesma. Disse assim bem pronunciado e claro:

O que?! Quanto ao futuro.

~~O que?!~~ ~~Ah!~~ O súbito grito estertorado de

Parecia o que estão fazendo. Ela está solta ao acaso como uma porta balançando

Morte

agarrou-se a um fiapo de consciência e repetiu mentalmente sem cessar: Eu sou, eu sou, eu sou. Quem, ela não sabia. Fôra buscar no próprio profundo e negro âmago de si mesma o sopro de vida que Deus nos dá.

Este livro é muito importante e prende o leitor ávido. Acho que recomendando a sua leitura estou prestando um favor aos raros leitores. Existir é nosso glorioso dever. E a moça existe. existe e agora sorri. E nós sorrimos com ela

~~Assim é. É?~~

É agora — agora ~~acendo~~ só resta acender um cigarro e ~~vou~~ para casa.
É tempo | de morangos!

Ar ~~de uma~~ energico.

[A primeira edição deste livro foi impressa
em abril de 2017 em comemoração aos
40 anos da primeira edição de
A hora da estrela]

Impressão e Acabamento:
GEOGRÁFICA EDITORA LTDA.